阅读之前 没有真相

午夜文库

绫辻行人作品集

绫辻行人 Ayatsuji Yukito (1960－)

日本推理文学标志性人物，新本格派掌门和旗手。

绫辻行人一九六〇年十二月二十三日出生于日本京都，毕业于名校京都大学教育系。在校期间加入了推理小说研究社团，社团的其他成员还包括法月纶太郎、我孙子武丸、小野不由美等，而创作了《十二国记》的小野不由美后来成了绫辻行人的妻子。

二十世纪八十年代是日本推理文学的大变革年代。极力主张“复兴本格”的大师岛田庄司曾多次来到京都大学进行演讲和指导，传播自己的创作理念。绫辻行人作为当时推理社团的骨干，深受岛田庄司的影响和启发，不遗余力地投入到新派本格小说的创作当中。

一九八七年，经过岛田庄司的引荐，绫辻行人发表了处女作《十角馆事件》。他的笔名“绫辻行人”是与岛田庄司商讨过后确定下来的，而作品中侦探的名字“岛田洁”来源于岛田庄司和他笔下的名侦探“御手洗洁”。以这部作品的发表为标志，日本推理文学进入了全新的“新本格时代”，而一九八七年也被称为“新本格元年”。

其后，绫辻行人陆续发表“馆系列”作品，截止到二〇一二年已经出版了九部。其中，《钟表馆事件》获得了第四十五届日本推理作家协会奖，《暗黑馆事件》则被誉为“新五大奇书”之一。“馆系列”奠定了绫辻行人宗师级地位，使其成为可以比肩江户川乱步、横沟正史、松本清张和岛田庄司的划时代推理作家。

绫辻行人“馆系列”作品年表

1987 《十角馆事件》
1988 《水车馆事件》
1988 《迷宫馆事件》
1989 《人偶馆事件》
1991 《钟表馆事件》
1992 《黑猫馆事件》
2004 《暗黑馆事件》
2006 《惊吓馆事件》
2012 《奇面馆事件》

绫辻行人作品集④

人偶馆事件

[日]绫辻行人 著
樱庭 译

新 星 出 版 社 NEW STAR PRESS

目录

出版前言

一九八七年，在日本推理文学史上是一个举足轻重的年份。在这一年，绫辻行人的“馆系列”登上舞台，改变了推理文学在这个东瀛岛国的发展方向，而这一改变的影响一直持续到了今天。

在“馆系列”之前，日本推理文学被一种叫作“社会派”的小说统治。这种类型的推理小说属于现实主义作品，淡化了谜团和侦探在故事里的作用，注重揭露人性的丑陋和社会的阴暗，和之前人们熟悉的“福尔摩斯式”推理小说大相径庭。

社会派推理小说的创始者是日本文学宗师松本清张，他在一九五七年出版的小说《点与线》是这类作品的发轫之作。小说诞生于日本经济飞速崛起之后，刻画了繁华背后日本社会隐藏的种种弊端和危机，因此引发了广大读者的强烈共鸣，一举取代了传统的“本格派”推理小说，统治日本文坛长达三十年。

在这段时间里，日本的每一部推理小说均或多或少地带有社会派痕迹；每一位创作者也都不同程度地受到了松本清张的影响。当时评论界有“清张魔咒”这样的说法，其统治力和影响力可见一斑。

随着时间的推进，新一代读者迅速成长。这些读者对于日本战后的情况缺乏起码的“感同身受”，导致社会派推理小说的读者群日渐萎缩；加之由于内容过于“写实”，导致作品出现“风俗化”趋势，进一步失去了读者的爱戴。

在八十年代初期，先后有几位创作者进行了尝试，主张推理小说回归本色，重拾“福尔摩斯式”的浪漫主义。其中，最具影响力的莫过于有“推理之神”之称的岛田庄司和他的代表作《占星术杀人魔法》。

八十年代末，在岛田庄司的指引和支持下，京都大学的推理社团高举“复兴本格”的大旗，涌现出一大批推理小说创作者，成为新式推理小说的发源地。这些创作者创作的小说被评论家称为“新本格派”，而其中成就最高、影响力最大的，莫过于绫辻行人和他的“馆系列”。

“馆系列”的灵感来源于绫辻行人的老师岛田庄司的作品《斜屋犯罪》，是当时非常典型的新本格式的“建筑推理”。所谓“建筑推理”，是指故事围绕一座建筑物展开，而这座建筑通常是宏大的、奢华的、病态的、附有某种机关或功能的、现实中绝对不可能存在的。这种超现实主义舞台赋予了谜团全新的生命力，使其更加具有冲击力。这种诞生于二十世纪八十年代的“二十一世纪”的推理，正是新本格派的存在价值和最高追求。值得一提的是，“馆系列”的主人公侦探名叫“岛田洁”。这个名字来自于“岛田庄司”和岛田庄司笔下的名侦探“御手洗洁”，也是绫辻行人以另一种方式在向老师致敬。

发表于一九八七年的《十角馆事件》是“馆系列”的第一部，截止到二〇一二年出版的《奇面馆事件》，这个系列总共出版了九部，并且还在继续创作当中。在这个系列里，绫辻行人运用了本格推理中几乎可以想到的所有手法，将“机关”渗透于故事的设置、陈述、误导、逆转、破解等各个层面。十角馆、水车馆、迷宫馆、人偶馆、钟表馆、黑猫馆、暗黑馆、惊吓馆、奇面馆……绫辻行人的“馆系列”犹如一部部悬疑大片，总能在故事被讲述到“山穷水尽”时，从不可能而又极其合理之处带给阅读者一次又一次震撼。

“馆系列”影响了当时所有从事推理创作的日本作家，直接鼓励了麻耶雄嵩、我孙子武丸、法月纶太郎、歌野晶午等一大批人走上了推理之路，其中也包括绫辻行人的夫人小野不由美。而其后京极夏彦、西泽保彦、森博嗣的出道，也和“馆系列”的启发密不可分，以至于这三位作家被评论界称为“新本格二期”。出道于二〇〇〇年以后的伊坂幸太郎、道尾秀介、东川笃哉、凑佳苗等新人，也都不同程度受到了“馆系列”的熏陶。二〇一二年获得直木大奖的女作家辻村深月更是为了向绫辻行人表达敬意，特意起了“辻村深月”这个笔名。如果说岛田庄司是当时第一个向“清张魔咒”发起挑战的作家，那么绫辻行人就是第一个击碎“清张魔咒”的推理作家。

之前中国内地曾有出版社引进、出版过“馆系列”，但一直没能出全；已出版的几册也因当时出版理念的影响，未能很好地展现这个系列的原貌，甚至出现了删改原版结局的情况。近几年，绫辻行人对“馆系列”做了修订，在日本讲谈社出版了新版，而中国读者还没有机会阅读这个版本，不能不说又是一大遗憾。

作为中国最大、最专业的推理小说出版平台，“午夜文库”经过不懈努力，在日本讲谈社总部及讲谈社北京公司的帮助下，终于有机会出版新版“馆系列”全套作品。“午夜文库”将采用全新译本和装帧，将最新、最完整、最精彩的“馆系列”呈现在读者面前。我们相信，作为已经经过时间验证、升华为经典的“馆系列”，一定会在“午夜文库”中占据重要而独特的位置，散发出永恒的光芒。

新星出版社

“午夜文库”编辑部

作者序言

亲爱的中国读者朋友们：

我以“绫辻行人”这个笔名出版《十角馆事件》一书是在一九八七年的秋天，距今已经超过四分之一个世纪了。自那时起，以“XX馆事件”为题、不断创作“馆系列”长篇小说便成了我的主要工作。到二〇一二年出版的《奇面馆事件》，这个系列已经出版了九部作品。我曾经说过要写出十部“馆系列”作品，距离这一目标也只剩下最后一部了。

在这一时间点，“馆系列”的中文新译版行将推出。旧译版只出到了第七部《暗黑馆事件》，这一次则将出版包括最新的《奇面馆事件》在内的全部作品。

跨越了国与国的界线、语言上的障碍以及文化上的差异，能在中国拥有这么多喜欢自己作品的读者，作为创作者来说，我在备感欣喜的同时，也感到了些许自豪。

“馆系列”作品着眼于“不可解的谜团与理论性的解谜”，属于通常意义上的“本格推理”小说。完成一部作品的方法有很多，除了重视这些着眼点以外，我一以贯之的目的，就是能写出具有“意外结局”的作品。当大家阅读到各个作品的结局时，如果能在“啊”的一声之后感到惊讶，对我来说就十分幸福了。

我听说，中国正不断地涌现志在从事本格推理创作的才俊。以“馆系列”为肇始的绫辻作品，如能对中国的推理创作事业的发展产生激励效果，那将是我无上的荣幸。

从《十角馆事件》到《奇面馆事件》，就请大家好好享受这段阅读“馆系列”九部作品的美好时光吧！

绫辻行人

二〇一三年三月

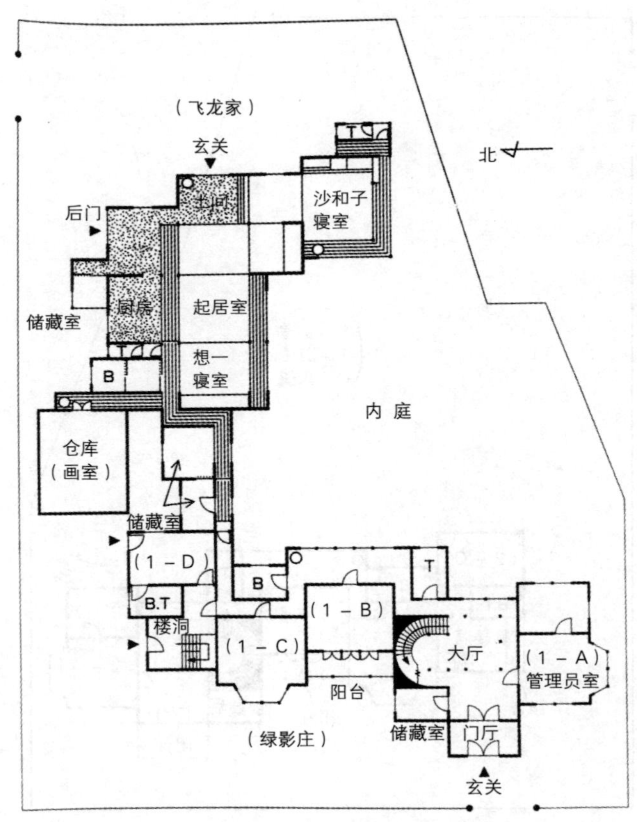
（飞龙家）
玄关
后门
土间
沙和子
寝室
北
厨房
起居室
储藏室
想一
寝室
B
内 庭
仓库
（画室）
储藏室
（1－D）
B
T
B.T
（1－B）
楼洞
（1－C）
大厅
（1－A）
管理员室
阳台
储藏室
门厅
（绿影庄）
玄关

图一 人偶馆平面图（一层）

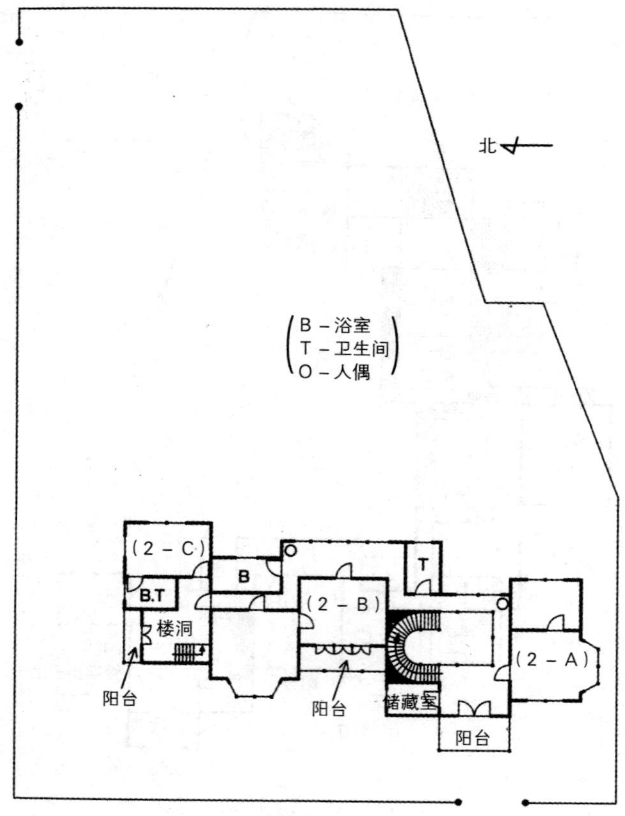

图二 人偶馆平面图（二层）

出场人物（括号内的数字为一九八七年七月时的年龄）

飞龙想一	画家，“我”。（34 岁）
飞龙高洋	想一之父，已故。
飞龙实和子	想一之母，已故。
池尾沙和子	实和子之妹，想一养母。（54 岁）
辻井雪人	“绿影庄”房客之一，想一堂弟，小说家。（28 岁）
仓谷诚	“绿影庄”房客之一，研究生。（26 岁）
木津川伸造	“绿影庄”房客之一，按摩师。（52 岁）
水尻道吉	“绿影庄”管理员。（68 岁）
水尻纪祢	道吉之妻。（61 岁）
架场久茂	想一的幼年玩伴，大学助教。（34 岁）
道泽希早子	大学生。（21 岁）
岛田洁	想一之友。（38 岁）

序章　来自岛田洁的信

（前略）

前几日，鄙人收到令堂来信。信上说您已经顺利出院，所幸身体已无大碍。

鄙人欲亲往祝贺病愈，无奈俗事纠缠，无法脱身。在此略表慰问之情，望请见谅。

实指青春永驻，然至今年五月间鄙人已三十有八。自二十二岁与您相识以来，将近一十六载。如古人所云，时光犹如白驹过隙。

鄙人至今仍未打算成家，亦无固定工作。也许迟早会继承父业看管寺院，但家父精神矍铄，尚无退职之愿。若是抱怨，似乎会遭天谴吧？

于是，鄙人这个不孝子一如既往东奔西走，不务正业，以致落人话柄。尽管“好奇心旺盛”这类冠冕堂皇的话听起来还算不错，但实则难改爱凑热闹的顽劣本性。不过，上岁数的人多少都有些自制力吧？

今年四月，鄙人因意外再次被牵连进一桩意想不到的案件之中。

那桩杀人案就发生在位于丹后半岛的T** 村之畔，一家名为“迷宫馆”的老宅中[①]。此事亦被媒体传得沸沸扬扬，因此，也许您已经通过某些途径得知此事。

不幸的是，近两三年间，鄙人造访的各处均发生类似案件。

如蒙死神眷顾般……不，并非如此，鄙人亦半信半疑作如是想：蒙死神眷顾的并非鄙人，而是假某建筑师之手所建的“馆”。

您可曾记得去年秋季，鄙人前来探病之时所云种种吗？

关于那位古怪的建筑师——中村青司。他曾于全国各地建造风格奇特的建筑物。随后，那些“馆”内接连发生了案件。

那时，鄙人刚刚从冈山的“水车馆”中脱身，很是兴奋了一阵。况且入院病人禁止读书，日子过得无聊之极；您亦认识藤沼一成及其独子藤沼纪一[②]。因此，鄙人才会于不知不觉中，不分场合地喋喋不休。

同为艺术家的您似乎也对那位中村青司的“杰作”颇感兴趣。这就是所谓的“英雄相惜”吧？

话说回来，您最近开始作画了吗？

请您忘却不快，继续创作。自学生时代起，鄙人就钟情于您的画作。尽管对美术一窍不通，但鄙人的确能从您的画作中感受到独特魅力。您的画作一如鄙人于水车馆内亲眼所见的、画师藤沼一成先生的幻想画般，具有某种不可思议的魅力。

连篇累牍，奉书如上。近期定当亲自拜访。

---

①参见绫辻行人的《迷宫馆事件》。

②参见绫辻行人的《水车馆事件》。

如有所需，请您立刻联系鄙人，无须多虑。鄙人乐于为您出谋划策。

就此搁笔。

请代我向令堂问候。

匆忙之中，字迹潦草，望请见谅。

一九八七年六月三十日（星期二）
岛田洁致飞龙想一先生

第一章　七月

1

七月三日。星期五。午后，我来到京都。

六月过后，依旧没有断梅[①]的迹象。这一日，黑云笼罩的昏暗天空再度持续降下温热的小雨。

沿路而建的新旧大厦鳞次栉比。不远处是黑乎乎连成一片的群山。挤满车子的道路显得十分狭窄。车站前耸立着不合时宜的白色高塔。透过雾气氤氲的火车车窗，一切看起来都像是抖动的定格照片般模糊。

(多么阴沉的城市啊！)

城市与自然截然不同。或许是饱受淫雨侵浸，才使得它渐渐失去了生机。

季节与气候形成的这幅景象，直接成为我对这座古都的第一印象。

①“断梅”指梅雨季节结束。

很久之前，我应该来过京都一次，那是几近被遗忘的遥远往昔……就连到访的季节也不记得，但那时这个城市的确一如今日飘着雨。

“这雨真是下得不合时宜啊……”母亲身着淡黄底、碎白点的外衣，用手帕擦了擦额头上冒出的汗珠，“想一，我们坐出租车吧？你觉得身体怎么样？”

我晕车晕得厉害，尤其是火车。自静冈坐上新干线后，刚过了名古屋，我就觉得胸口难受得要命。

“我没事。”我轻轻地回答着，换了只手拎行李。夹杂在奔向楼梯的匆匆人流中，我还是有些步履蹒跚。

从车站出来后，我再度仰望天空。

雨势变强了。雨声连同周围的喧闹之声，不断发出响动。尽管母亲并不喜欢这雨，我却很感激这雨声。

这个古都——京都。

我的父亲生于此，逝于此。

纵使如此，我却没有产生任何亲切感。

不要说大学时代独自居住数年的东京，或是曾经无数次造访的城市，就连出生之地静冈都未曾使我恋恋不舍。

城市就是城市，哪里的城市都是如此，那只是素昧平生的人的聚集之地。它从来不曾抚慰我——无论何时何地。

我站在原地，仰望天空。

母亲有些担心地问道：“想一，你怎么了？身体还是不舒服吗？”

从去年夏天开始，直至上月中旬，我身体不适，不得不长期住院。母亲特别在意我的身体状况。

“我没事，不要紧的。”我慢慢摇了摇头，看着身材小巧的母亲那细长而清秀的双目，报以微笑，“没事的。乘坐出租车的地方在……啊，在那边呢。妈，我们走吧。”

我父亲的出生之地。

我父亲的过世之地。

去年年底，父亲飞龙高洋去世，享年六十二岁。我们父子俩什么时候见的最后一面呢？二十五年前吗？不，也许是更早之前吧？

“父亲”的相貌也好，声音也罢，我都记不清了。

唯一令我记忆犹新的，仅仅是那个男人看向自己儿子时，那道冷冰冰的目光。

2

从名为“白川街”的大路开向靠近山脉的地方，要转好几个弯。那里距离京都车站有三十分钟的车程。

据说那里是左京区北白川——尽管如此，对于并不熟悉京都的我来说，仍然不知道那里到底处于市区的什么位置。只是隐隐觉得既然北白川就在山脚下，那么应该远离市区。

一派幽静恬适的住宅街景象。

稍稍倾斜的道路两旁，慵懒地绵延着土墙或树篱。每家都有相当宽阔的私家用地，几乎听不到来自主路的嘈杂之声。也许是下雨的缘故，几乎看不到街上有孩子玩耍的身影。

“这里还不错吧？”下了出租车，母亲边为我撑着伞边问道，“这里很安静，交通又便利。”

雨势减弱。细小的雨滴随风飘舞，幻化为缥缈的白色雾霭。

“来。”母亲为我领路，“这边走。”

即使母亲不说，我也知道在哪儿。因为在一片生机勃勃的山茶花树篱缺口处，立有石制门柱。那门柱上贴着褪了色的名牌，写着“飞龙”二字。

那是幢古老的日式平房。

大概很久无人打理庭院，树下的杂草疯长。灰色的踏脚石一直延伸至玄关。透过累累樱枝，可以窥视到抹墙的灰泥已然泛黄。淋湿的深灰色瓦片透出黑亮的光。整个建筑看起来似乎像贴在地面上蠕动一般。

母亲把伞递给我，沿着踏脚石走了进去。我跟在母亲身后。等我走到屋檐下，她已经打开了双槽推拉门。

“放下行李吧。”母亲边说边拉开了门，“我们得先去公寓那边，和水尻先生打个招呼。”

走进门的一刹那，我顿觉眼前一黑。屋内已经暗到这种程度了吗？

玄关处很宽阔——认识到它的宽阔颇费了些功夫，因为要让双眼适应屋内的昏暗。年代久远的建筑独有的气味飘浮于黑暗之中。

玄关一直延伸，转向右侧深处。

正前方与左方各有一扇紧闭的白色拉门。

我横穿过昏暗的房间，拉开正前方的那道拉门。拉门后的小房间空空如也，没有放置任何家具。

父亲一直住在这里，住在这个暗无天日的地方吗？

我把旅行包向房内一扔，像逃离亡者般离开了这里。此时——

我不禁两腿发软，差点喊出声来。

“这是……”

那东西立在玄关入口右边的墙壁前。由于光线昏暗，那个位置又处于死角，因此，直到现在我才发现它。

那是名女性——恐怕，还是名年轻女性。

之所以觉得她“年轻”，是从身体曲线来推断的。她苗条高挑儿，身材匀称，丰胸细腰。

只是，她没有“脸”。

尽管头部还在，但是她的头上没有头发；扭向我的那张脸惨白扁平，没有五官。

而且——

一丝不挂的她还少了一只手臂，身体曲线在右肩处不自然的“断了”。

“人体……模型？”

她并不是活生生的人，而是模型人偶，类似百货公司或女装店的橱窗中摆放的那种东西。

“为什么这里会有这种东西？”

站在门口的母亲解释道：“那是你父亲制作的人偶。”

“他？制作的？”

“没错。在这里，还有很多地方有这样的人偶。”

逆着光，我看不清母亲的表情。

“他为什么要做这些东西啊？”

“这个嘛，我也不知道。”

我的父亲飞龙高洋曾是颇有名气的雕刻家和画家。我也多少了解一些有关他的情况，但并不是作为父亲，而是作为“艺术家飞龙高洋”。

一九二四年，飞龙高洋生于京都。他违背身为实业家的父亲飞龙武永的意愿，立志要做一名画家。

一九四九年，二十五岁的飞龙高洋离开京都，移居静冈并在当地结婚。直至其父飞龙武永亡故，他才回到京都，继续进行艺术创作。

在雕刻方面，他选用传统素材进行创作，作品极其抽象，难以理解。而在绘画方面，他则以细腻的笔法描绘静物。由于飞龙高洋极度厌恶和人打交道，因此即使是合作伙伴，也将其视为怪人。不过，住在神户市的著名幻想画家藤沼一成却是例外，听说他与飞龙高洋往来甚密。

可是，我还是第一次听说他制作了人偶，还是模特人偶。这恐怕与雕刻家飞龙高洋的艺术手法及艺术取向相去甚远。

他是什么时候开始制作这种东西的呢？他为什么要做这种东西呢？

抑或是我对“艺术家飞龙高洋”认识不足？原本我对他就不甚了解。尤其最近十几年，当我开始明白“对他而言，自己究竟是怎样的人”之后，便竭力克制自己不去想他。

无论是作为他的儿子，还是作为一名微不足道的小画家。

“想一，走吧。毕竟你是第一次来，最好从外面绕道过去。”母亲催促着一动不动的我。

我从失去右臂的“她”的裸体上挪开视线，遵从母亲的吩咐，走了出去。

3

我出了门，向左拐，顺着路前行。

顺着山茶花树篱向前走，走到拐角处，就能看到同刚才一样的石门。那似乎是公寓入口。

陈旧的木制门牌上写着公寓的名字——绿影庄。

我放眼望向宽阔石阶尽头的建筑物，吃了一惊。与刚才看到的日式建筑截然相反，这幢脱离主建筑的独立公寓竟然是典型的西式洋房。

镶有深灰色鱼鳞板的墙壁；修葺屋顶的青铜装饰爬满铜锈；在建筑物正面可看到二层宽阔的露台，还有爬满常春藤的栅栏和法式大窗——的确是名副其实的“绿影庄”。

庭院中种植着樱树和枫树，枝叶繁茂得犹如抱住了建筑物。尽管这里看起来很久没有园艺师打理，却又没有“任其荒废”，而是让人觉得这些奔放生长的树木已经成为建筑必不可少的组成部分——正如刚才正房给我的感觉。

这些建筑原本为祖父飞龙武永所有。父亲高洋继承之后，工作间和起居室被悉数挪至此地。但实际上，父亲使用的仅仅是正房而已。因此，在改建了这幢洋馆后，父亲便将其作为出租公寓——与其说是出租公寓，不如说是面向学生的廉价宿舍——对外使用。将此处命名为“绿影庄”的，应该也是父亲。

“这里的房子也好大啊。里面有几间房呢？”我问同撑一把伞、驻足观望的母亲。

“我想想看……似乎一共有十个房间。不过，有些房间是两间合并为一间使用的，所以，作为出租房的一共有六间。”

“都租出去了吗？”

“已经出租了三间。你想知道都住了些什么房客吗？”

“不，只是随便问问。”

我们穿梭在小雨中，踩着石板路，走向玄关。

穿过黑色对开门，我们换上拖鞋，径直向建筑内走去。首先到达的是一个有二十张榻榻米大小的前厅。

这幢西式建筑内的光线也相当昏暗。

地板上铺着苔灰色地毯，墙壁贴有象牙色十字图案。前厅正面是一扇镶有白框的大玻璃窗，中央至左侧的台阶构成楼梯井，二楼走廊围绕在它的四周。二楼的正面也有一扇与一楼同样的大窗，窗子前面——即玄关正上方——有一个阳台。由此看来，建筑内的采光应该非常充足。光线这样昏暗，应该是天气造成的吧？

母亲突然迈步向右走去，站在褐色的房门前。那扇门的镶板上标有“1－A　管理员室”字样。

“请问，水尻先生在吗？”母亲敲敲门。

不一会儿，门开了。

“是哪位……啊呀，是太太您啊！”

一位白发苍苍的老妇人前来应门。听说她已年过花甲，但体格却比母亲结实不少，体态及肤色看上去都很健康。

“欢迎回来。”老妇人那满是皱纹的脸上笑意盈盈，深深鞠了一躬，“您刚到吗？”

“是的，刚到。”

母亲指着站在斜后方的我说道：“他是想一。从今日起承蒙您照顾了。”

“想一少爷……”老妇人感慨颇深地眨眨眼睛，匆忙转身向屋内喊道，“老头子，飞龙小少爷来了！”

她的嗓音略显嘶哑。

与老妇人相比，闻声而出的老妇人的丈夫却是个背驼得厉害、看起来年长许多的人。虽然他个子很高，但驼背使得他看起来非常矮小。

“喔，欢迎欢迎！”老人一边以很难听清的声音咕哝着，一边眯起双眼，向我们打招呼。

“他是想一。”母亲又指了指我，而后转向我介绍道，“这二位是水尻道吉与纪袮夫妇。”

这对夫妻自祖父在世起就为飞龙家效力。父亲继承老宅后，他们就成了绿影庄的管理员。我们搬来之前，决定继续经营公寓，这样就可以由他们继续管理这里。

“小少爷，欢迎您。哎呀，都长这么大了。”水尻先生说着，慢吞吞地走到我身旁。他驼着背，猛地抬起头，凑近打量着我。“真是长大了不少啊。来，让我好好看看你。”

“小少爷，抱歉，这个老头子呀，上了年纪以后眼神儿就不济了。”

道吉老人没有理会低头致歉的妻子，一味频频点头，不断重复道：“哎呀，真是长大了啊。上次你来的时候，还是个孩子啊！”

“上次？”我一边反问，一边转过脸，躲开老人吐出的气息，“我什么时候来过？”

“您不记得了吗？”

“我只记得来过京都一次，时隔多年，记不清楚了。”

“那是什么时候的事情了呢？大概是为武永老爷举办葬礼的时候。”

祖父的葬礼——这么说来，那可是将近三十年前的事了。记得那个时候，我好像刚上小学。

“我也清楚地记得。”老妇人感慨地附和道，“小少爷被已故的实和子太太牵着手，后来还被念经的声音吓哭了。”

“啊，说起来，你们长得可真像啊！”道吉老人说道。

“长得像谁？像我父亲吗？”

“嗯，的确和高洋少爷长得像。不过，小少爷更有武永老爷年轻时的风采啊！老伴儿，你说是吧？”

“可不是嘛。”

我从没见过祖父，就连他的照片也没见过。祖孙长得相似不足为奇，但是我的心里却总有种怪怪的感觉。

4

年老的管理员夫妇热情招呼着我们，不是问我们要不要喝茶，就是问我们一起用晚饭如何。母亲一一拒绝了。

我很怕生，但这对夫妇的人品让我很放心。我甚至还想再和他们聊聊天，聊聊关于我父亲或祖父的事情。不过，母亲和我都已经筋疲力尽了。

“他们怎么样？”等那对夫妇回到管理员室后，母亲在我耳旁悄悄问道。

“我觉得他们都很和气。”

“你是‘小少爷’嘛。没错，他们的确很和气啊。而且，姑且不论道吉先生如何，纪祢太太可是相当硬朗呢！公寓交给他们管理，准没错。”

我不置可否地点点头，走到有楼梯井的前厅中央，抬头向上看去。

高高的天花板上垂吊着枝形吊灯，看起来年代久远。我环视着通向二楼的宽阔的弧形楼梯以及围绕在前厅二楼的走廊扶手，一时兴起，对母亲说道：“妈，我想上楼看看。”

“要我陪你一起去吗？”

“没事。您先回去好了，我一个人去转转。”

“是吗？”母亲看起来有些担心。不久，她的表情缓和下来，说道：“喔，对了，顺着这里面的走廊直走，就能回到正房。从那儿回去也行，我帮你把鞋拿回去。”

“好。”

母亲看了我一眼，而后走向玄关。我望着她依然显得很年轻的背影，不知为何，母亲那白皙的脖颈竟让我联想到在正房玄关处看到的模特人偶。

我独自迈上台阶。

从台阶底层到阳台的法式大窗，中间有一块很大的空间。这块空间以及自这里向左转、前厅周围的走廊上，全都铺着与楼下相同的苔灰色地毯。

我打开法式大窗——窗框的奶油色油漆已然斑驳——走上阳台。雨势变强，但都被挡在了屋檐外。

刚才在屋外尚未察觉，从屋内出来才嗅到植被的清香之气。种植在前庭的樱树和枫树的树枝被雨打湿，重重地压在眼前，摇曳着。

我深深吸了口气，走向阳台中央。

烟雨朦胧，无法看到远处的风景，但整幢洋馆建于高岗之上，便于远眺。被梅雨淋湿的湿漉漉的人家；道路上车来车往……几乎见不到如东京或其他大城市那样的高层建筑。

望着那阴沉沉的天，我不禁再次感叹——多么阴沉的城市啊！

父亲，出生，过世……这个城市，这个家。

如今，我来到这里。

如今，我就在这里。

我，飞龙想一，生于一九五三年二月五日。父亲高洋，母亲实和子，故乡在静冈——那是为了理想与祖父对立的父亲同母亲私奔，开始

“二人世界”的城市。当时，实和子在京都的一家日式酒吧打工。二人的结合自然遭到祖父的强烈反对。

父亲还有一个弟弟。祖母在战时亡故，祖父与身为长子的父亲断绝了关系，打算让次子继承家业。恰逢我出生之时，次子未婚病故。因此，祖父只能与父亲达成和解。

不久，祖父过世。父亲因而继承了祖父庞大的遗产，听说那是二十八年前的事了。

当时，我才六岁。父亲三十五岁，总算成为被世人认可的雕刻家。夫妇二人打算尽早搬去京都。

然而，就在那时，母亲实和子惨遭横死。

于是——

父亲独自回到这个城市——京都。

父亲将身为独子的我托付给母亲的妹妹沙和子以及她的丈夫池尾祐司。自此以后，我再也没有见过父亲，就连他的声音也没再听过。

那时，我虽然还小，但当父亲把我丢给别人、对自己毫无感情可言时，我就开始改口称池尾夫妇为“爸爸、妈妈”。没有子嗣的池尾夫妇视我如同己出，抚养我，呵护我。

如今，被我称为“妈妈”的那位女性自然不是我的生母，而是比我的生母小五岁的妹妹——沙和子姨母。我的养父——池尾姨夫已于十年前撒手人寰。

祖父死后，父亲回到这幢宅子。历史重演一般，现在轮到我在父亲亡故后回到这里了。

从车站出来时尚未涌上心头的感慨，而今，总算从内心深处冒出头来。

父亲是自杀的。听说在去年年末一个雪夜，父亲吊死在这幢宅子内庭的樱树上。

太多回忆，太多需要思考的事情。关于我的生父，关于我的两个母亲，还有我自己。

啊——

我望着朦胧的烟雨，苦苦思索着。

忽而增强的风势向我袭来，雨滴打到脸上。

不知何时靠在阳台围栏上的我吓了一跳，倒退几步，擦了擦脸上的雨滴。就在此时——

无意中，我瞥到一个黑影。

（咦？）

那个黑影就在门前的路边。

黑影一袭黑衣黑裤，撑着透明的塑料伞，站在路边，目不转睛地盯着我家的宅子。从穿着上判断，应该是名男子。

看上去，他没有任何奇怪的举动。我没有看清他的长相，但不知为何，那名男子竟让我忐忑不安。

（他是谁呢？）

（他在看什么呢？）

他并没有刻意“做”些什么，仅仅是看着这个宅子而已。我甚至无法确定他是否注意到阳台上有人。

（谁？）

……君[①]！

我总觉得曾经在什么地方见过他。

我还觉得，如果我看清他的长相，就能想起他是谁。

---

①日语里亲昵的人之间使用的称呼。

……君！

不久之后，他慢慢地调转方向，悄无声息地沿着飘雨的街道离开了。

5

从阳台回到屋内，我就发觉二楼走廊对面右侧的角落中有个人。

瞬间，我吓了一跳，随后立即察觉出那并不是人，只是和正房玄关处相同的模特人偶。那也是名年轻的女子，全裸。至少在我看来，“她”那张脸同正房里的那个人偶一样，没有任何起伏。这一次，“她”那斜对着正面窗子的身体上少了一只左臂。

这个人偶应该也是我父亲的作品吧？拿这种东西装饰公寓，这里的房客不会觉得可怕吗？

人偶旁有一扇门，正好位于一楼管理员室的正上方。房门上标着“2-A”字样。

我也想去里面的走廊看看，但挡在半路的“她”散发着难以靠近的气场。可怕之处自不必说，就连她那张没有五官的扁平侧脸，都流露出抗拒的表情。

我只好悻悻地折回来时的方向。

正如母亲所说，一楼前厅里面的走廊通向正房。但拐过两个拐角后，我不禁停下了脚步。

走廊尽头一角又出现了一个人偶。

右侧一排窗子透入的微弱光线，在那人偶惨白扁平的脸上刻画出奇妙的阴影。刹那间，那人偶的脸看起来像是悬浮于空中——也可能是因为它缺失了身体的上半部分吧。

人偶的下半身确实存在，也有两条手臂，但是，身体的上半部分——胸腹部至肩膀全部缺失。取而代之的是组合成十字状的黑棒，犹如人偶的骨架，将腰部、头部以及双臂连接在一起。

这里到底有多少类似的人偶啊？！难道宅子各处至今还摆放着的这些人偶，是出于父亲的遗愿吗？

我不由得倒吸一口凉气，站在原地，无法动弹。

突然，我听到金属的撞击声。

随着那声音，“骨头”连接的手臂似乎微微动了一下，吓得我差点儿跳起来。实际上，并不是人偶在动，而是人偶左前方的那扇门。

“嗯？”推门而出的那个人也注意到伫立于走廊一侧的我，看起来多少有些茫然。

那是位中等身材、脸色苍白的青年。他罩着一件皱巴巴的黄色衬衣，下面是一件蓝色齐膝短裤。

“请问，你有什么事吗？”他抓着毫无光泽的满头硬发，疑惑地打量着我。

“我是……”

“你是新的房客吧？你住哪间房？”

“不是的，我……”我惊慌失措地扭开头，看到对面的正房，“今天我刚刚搬到那边的宅子。”

“嗯？原来你是房东啊。”

“呃，算是吧。”

“你是……飞龙想一吗？”

“对，我就是。你怎么知道我的名字？”

“以前我见过令堂嘛。听她提过你。”

那名青年边说边关上房门，向我走了过来。

“我是住在‘1-B’的辻井，辻井雪人。”

细长的脸颊，稍显突出的下颚，眼白很明显——挂着谄笑的他目不转睛地盯着我。

“还真是羡慕死我了呢。说起来我们拥有同样的血统，可你就成了大宅的主人，我只是房客。这社会还真是不公平啊！现在我总算深有体会了。”

“同样的……血统？”

“怎么？”辻井有些意外地扬了扬稀疏的眉毛，“你没听说过我吗？”

“有关公寓的一应事项，都交由家母打理了，所以……”

“咱们的父辈可是堂兄弟。所以，咱俩也是堂兄弟啊。”

“是吗？”我惊呆了。

对我来说，就连生父都是可望而不可即的，更何况是父亲的亲戚。所以就算对方告诉我他是我的堂兄弟，这又能如何？

“以前我家也是赫赫有名的，如今却家道中落。我家老爷子还经营过小五金厂，不过八年前过世了。他可羡慕京都的飞龙家了！”

“是吗？”

“听说你画画？”

“嗯，是啊。”

“卖得动吗？”

“这个嘛……我也没想过以画画为生，所以……”

“哦，还真是个高雅的富家公子啊。”

“那个……辻井先生，您是做什么工作的？”

“我吗？”对方抿嘴笑道，“姑且算个作家吧。”

“作家？写小说吗？还是其他什么？”

“嗯，写小说。‘辻井雪人’是我的笔名。”

后来，我听母亲说他的本名是“森田行雄”。他曾立志成为小说家，并在两年前如愿入选某小说杂志的新人奖。之后，他也曾在杂志上发表过几个短篇，但都反响平平，不足以出版单行本。

今年年初，辻井听说高洋过世，便向母亲提出能否让他低价住在绿影庄。如今，他似乎边在附近的便利店打工边进行创作。

“您写些什么小说呢？”我感兴趣地问道。

辻井带着卑屈的笑意回答道：“本来我创作的是纯文学。眼下稍作调整，准备改写推理小说了。”

“推理小说吗？”

“比如，以这幢洋馆为舞台的推理小说。”他边说边抬起头看着高高的天花板，然后转身向后看去。最后，他的视线停留于立在走廊尽头的模特人偶上。“推理小说中必不可少的道具一应俱全，就起名为‘人偶馆事件’，如何？听起来还不错吧？”

我一时不知该怎么回答，辻井又说道：“稍后再会了，请多多关照。”

他轻轻点点头。从我身旁走过时，他像是想起什么似的又站住了。

“哦，对了，突然说这个不太好，但是能不能把我换到其他房间？”他冲我说道，“在这个房间里实在静不下心来。附近的小孩会跑到院子里玩儿，隔壁那个姓仓谷的研究生还弹吉他，吵得我根本没法儿写作。”

我答应会和母亲商量，之后便与他告别了。

6

隔着不远处的一扇门，铺有苔灰色地毯的走廊与高出一个台阶的木板走廊相连。这里似乎就是与正房的连接部。墙壁或天花板的装饰风格也自西式转为和风。

我蹑手蹑脚地走在嘎吱作响的走廊上，左转右拐后，走廊分出两股岔路。

正前方的岔路纵贯这个昏暗的家，一路通向玄关，而左拐的岔路则很快变成死胡同，并且，在那条死胡同的尽头……

我不由得倒吸一口凉气。

缺失脸部的模特人偶。

这一次，所谓的“缺失脸部”并非意味着脸部“扁平”，而是根本没有脸部——脖子上方缺少整个头颅。

在那个人偶的左前方，有扇对开大门。

我实在难以抗拒那扇异于其他房门的对开门，稍稍犹豫了一下，便从缺失头颅的人偶上挪开视线，向左边的岔路走去。

那扇对开门上涂着厚厚的灰漆，看起来沉重而结实。相接的两扇门上镶有金属件，却没挂锁。

我推开那扇门。合页似乎锈住了，发出很大的嘎吱声，但没费多少力气门就开了。

只是一个普通的空房间。

天花板高出走廊两倍左右，裸露出粗壮的房梁；墙壁上开着用于采光的小窗……这一切都让我不禁想起“仓库”这个词。

说起来，我曾在自正房玄关绕道至公寓的路上，见到过白色墙壁的大仓库。看来这个房间就在那个大仓库之中。

房间内的光线更加微弱。等双眼适应了房内的昏暗光线后，我终于发现有东西潜伏在这黑暗之中。

（这是……）

我摸索着房间入口处的墙壁，找到像是开关一样的东西。按下开关，安装在房梁上的荧光灯亮了起来。

（老天，这是……）

灯光照亮了仓库中诡异的情景。

可以说，这里简直成了人偶聚集地。

房间内散落着全裸的洁白人偶，一共有二十个……不，或许更多。

有的人偶缺少一只手臂，有的人偶缺少一条腿，也有失去双臂或缺少下半身的。这些看起来均为年轻女子的人偶都缺失了脸部——她们的面部都是没有五官的扁平脸。

我心惊胆战地迈步跨入仓库中。

混于人偶间的画布、画架等画具引起了我的注意，雕刻用具也不在少数。这样说来，这间昏暗的仓库应该就是已故的飞龙高洋的工作室了。

房间中央放着一把圆形矮凳。我坐了下来，摸出衬衣口袋里的烟，叼在嘴上。

父亲的工作室。

从回到故乡直至自杀的三十年间，父亲不停创作的地方。

高洋本就性情乖僻，晚年时越发厌恶交际。他将自己关在家中，几乎不与人打交道，也不再发表任何作品。在此期间，他都在这里制作人偶吗？

这些人偶——

据说高洋的雕刻及绘画作品悉数转至他人名下，没有任何一件以“高洋”之名留存下来。就是说，大概只有这些没有任何艺术价值的人偶，才是唯一残留在老宅的高洋作品。

他在这里有何感想，又在渴求些什么呢？

那双眼睛见证了什么？他为怎样的热情驱使，才创作出这些人偶呢？我被没有脸部的“她们”包围着，故意慢慢地吸着烟。袅袅上升的紫烟笼罩着我，最终，我总算为自己找到了一个答案。他渴求的是——

父亲渴求的是我的母亲。

父亲渴求的是他的爱妻，我的生母——飞龙实和子。

从我在正房玄关处初遇人偶时起，就该察觉到这一点。也许我察觉到了，却不愿意承认。

那是于二十八年前的秋天早逝的母亲。

父亲深爱着母亲，刻骨铭心地深爱着。没错，深爱到对身为独子的我都痛恨不已的地步。

父亲从未告诉过我，但我能感觉得到。

（那道冰冷的视线……）

对父亲来说，我不是他与爱妻的爱情结晶，而是来路不明的怪物。

或许，父亲从我的身上看到了另一个自己，而这个“他”却渐渐夺去自己深爱的女子。父亲被困于绝望的恐惧之中，无法自拔。还有可能，父亲在我身上看到了祖父武永的影子。

——的确和高洋少爷长得像。不过，小少爷更有武永老爷年轻时的风采啊！

刚才，老管理员这么说。

父亲一头扎进工作室，追逐亡妻实和子的幻影。静物画也好，抽象的雕刻作品也罢，恐怕父亲创作这些作品的初衷，都源自对于爱妻之死的悲叹、愤懑以及二人间的回忆。无疑，作品中饱含着对她的无尽思念。

（而且……）

我进一步想到——

不久，父亲开始考虑一件事——如何再现因老去而渐渐淡忘的关于爱妻的记忆。他希望用那些抽象的形式再现这份记忆，却更加期望可以以另一种形式——可以亲睹芳容，可以促膝谈心，可以一亲芳泽，可以软玉在怀——使他曾经深爱的女子复活。

于是，他制作出了这些人偶。

“她们”没有脸部，恐怕是因为在父亲晚年时，实和子的容貌已经在他的脑海中渐渐模糊了吧？嗯，还是因为……

孤独老迈的他身心俱疲，最终亲手终结了自己的性命。临死前，父亲究竟对异样的人偶们说了什么呢？

我夹着尚未燃尽的烟，从矮凳上站起身来，心情复杂地环视着形态各异的人偶。

（妈妈？）

我试着从这些惨白扁平的脸上，找出一丝残存于记忆中的生母的容貌。然而，无论如何也无法做到。

“想一，”不知道从哪儿传来呼唤我的声音，“想一……”

啊，是了，那是沙和子姨母——我的另一个“母亲”。

如梦初醒般，我转身走向入口处的门。大概我从洋馆回去得太晚了，母亲正担心地四处找我吧？

于是，我赶忙应了一声，走出仓库。

——1

** 突然醒来。

伸手不见五指的漆黑房间。黑暗笼罩下，一片寂静。

时值深夜，凝重的空气闷热潮湿，但，并未因此感到不快。

(那是……)

睡眠之中的短暂苏醒。

(那是……)

(哦，对了……)

** 再度缓缓陷入睡眠之时，确认了依旧存在的自我意识。

第二章　八月

1

京都的夏天十分炎热。

听说这里三面环山，远离大海。盆地特有的闷热让人难以忍受，而到了冬季却恰恰相反。

但是，直至八月中旬，我仍旧没有感觉热得难受。

大概是因为这几年总被人挂在嘴边的“异常气象”——今年似乎是全国性冷夏——造成的吧？也没准儿是因为选址较好，只要敞开窗子，凉爽的风就会吹入家中，空调很少派上用场。

不过，并非家中的每个人都与我看法一致。

管理员水尻夫妇每次见到我都会连声喊热。

上个月下旬，辻井雪人搬到了位于二楼南侧的“2-A”号房间。他总抱怨天气太热，无法工作；可打开窗子，就会听到那些小孩吵得要命的声音。辻井向母亲哭穷，想借些钱装个空调，却被母亲婉拒。

除了辻井外，绿影庄还有两名房客。

一位是住在“1-C”的K**大学研究生仓谷诚。他很早就来和我打过招呼，但我没觉得他是个研究学问的人。仓谷二十六岁，身材矮小，性格直爽，能言善辩。他是在读的理学博士，专业似乎是动物学。

另一位是住在“1–D”的名为“木津川伸造”的男子，五十多岁，职业是按摩师。他每日傍晚出门工作，直至深夜才回来。他是位盲人，经常戴着一副圆镜片的黑墨镜，手里握着白色拐杖。听说几年前他的妻子过世了，自此之后便一个人生活。

公寓里还有三间空房。

曾有几个想要租房的人来看过房间，最终没能谈妥，原因似乎是流传于此的谣言——

“相传在半年前，‘人偶馆’前任主人精神失常，在院子里上吊了。”

从专业中介口中听到这些话后，母亲再也没有登出过招募房客的广告。

我几乎闭门不出。

上午出门散步，傍晚到经常光顾的咖啡馆坐坐，除此之外都待在家里。

我犹豫再三，不知道应该选择哪里作为自己的工作室。

正房的和式房间并不合适，我也考虑过公寓那边的空房，但并不想和房客过多碰面。最终，我不得不选择了那间仓库。

刚开始，我觉得不太舒服。

只要在仓库中，我的思绪就会不由自主地飞到已故的父母身上。我认为父亲是为了“复活”实和子才制作出这些人偶的。因此，我对这些“作品”的抵触远远大于共鸣，何况本来就觉得这些面部扁平的模特儿人偶的样子令人毛骨悚然。

即使如此，我也不能处理掉“她们”，因为这是父亲留下的遗言——

连同玄关和走廊的在内，留在这个宅子中的人偶都要原封不动地摆在原位。

随着时间的流逝，那种抵触慢慢地淡化了。

并非因为我看惯了那些没有脸的人偶。无论是父亲倾注于人偶的情感，抑或是对我——大概是憎恨——的情感，不过都是过眼云烟，不会对现在的我产生任何影响。

最近，我总算想通了。

现在，我很喜欢这个工作室。最重要的是，这里非常安静。母亲很担心我，说我在里面待得太久，但我在工作室中的时间还是越来越长。

我独自在工作室中，随心所欲地画些什么，或是读读书、听听唱片。

更多的时候，我什么都不做，只静静地坐在里面发呆。

2

八月十六日。星期日。

刚过下午五点，我同往常一样出了家门，准备到一家名为“来梦”的咖啡馆坐坐。

那家店位于南北向的白川街往下走的西侧。在京都这座城市，所谓的“往下走”指的是向南走，大概是因为这里的主干道犹如棋盘般纵横交错，才形成了这种独特的形容方式吧？至少，我不知道还有其他地方也有类似说法。

每天傍晚的这个时间，我都会去“来梦”喝一杯咖啡。这是最近两周才养成的习惯。

那是家很小的咖啡馆，十几个人就能将店塞得满满的。店内只有一扇面向马路的窗子。过于苦涩的咖啡、柔和的背景音乐、沉默寡言的老板以及寥寥无几的顾客……这里虽然一无是处，犹如被当今世界遗弃般寒酸，但这份昏暗的“干燥”感竟然非常合我的胃口。

“欢迎光临。”鼻子下方蓄着胡须的中年老板在吧台里面小声招呼道。

店内只有一名貌似大学生的年轻顾客，坐在里面的角落，低着头翻看漫画杂志。

我点了咖啡，坐在靠窗的位置。

天气不怎么好。阴沉沉的天空之下，整个城市迎来黄昏。隔着玻璃窗，我那纤细脆弱的上半身与窗外的风景重叠在一起，隐隐飘了起来。

我一边出神地眺望着人行道上的行人，一边抽完了一根烟。恰巧此时，我点的咖啡送了过来。

“暂时还下不了雨吧？”一向沉默的老板难得主动开口，他边说边将咖啡端到桌子上。

“什么？”

“因为，今天是送神火的日子啊[①]。”

“想起来了，是送火祭吧？”

说起来，今天早上母亲也对我提起，一直走到今出川路，就能近距离看到大文字山，还问我要不要一起去看热闹。

①每年八月上旬，日本京都市都会在大文字山举行送火祭。

“送神火真的很壮观啊！每年我都去看，怎么看都觉得壮观。”

“是吗？”

“在山上点燃文字形状的火焰——到底是谁想出了这个主意呀？”老板毫不介意我的反应，自言自语地嘟囔道。

我略感错愕，一味含混地敷衍着。

我轻啜一口只加入少许牛奶的苦咖啡。我几乎滴酒不沾，然而近十几年来，咖啡与烟却从未间断。

隔着桌子，我对面的椅子上摆放着一沓报纸。也许是上一个客人没有放回原处吧。我刚想再点一根烟，突然被那沓报纸上的黑色印刷体文字吸引住了。

北白川渠中发现他杀致死的儿童尸体

那是这样一条标题。

平时，我几乎不看报纸。如此说来，今日的早报都没看过呢。

我拿起那沓翻开到社会新闻版的报纸。

那篇报道占据了相当大的篇幅，相邻版面报道了昨晚奈良的列车脱轨事故，而我也对此事全然不知。

北白川渠中发现他杀致死的儿童尸体

我再次浏览了那行粗体标题。

北白川渠似乎就是西边的那条小河吧？如果是那里的话，我倒是时常散步路过那里。

十五日晚九时五十分左右，京都市左京区北白川某町的北白川渠内发现一具儿童尸体。据悉，死者上寺满志（5岁）系住于该町的公司职员上寺仁志（35岁）的长子。

据死者母亲和子回忆，当晚六时许她发觉在外玩耍的满志踪影全无。而遗体发现人是住在附近的K**大学工学部二年级学生高桥凉太（21岁）。沿水渠散步之时，他偶然发现水中漂浮的红色衣物，便报了警。

验尸报告显示，满志因窒息而死。据颈部残留的扼痕判断，死因为扼杀。警方判断为杀人案件，并在辖区设立搜查本部。

该则新闻之后登载着被害者的双亲及遗体发现者的访谈，还有警察方面对于该案的看法——诸如该案到底是心理变态者干的，还是意图绑架却遭到拒绝最终导致撕票，等等。

（昨日傍晚时分……）

六时许……那个时候，恰巧是我来到这家店的时候。没想到在同一时刻同一城市，相隔不远的地方，竟然发生了这种惨案。

死者双亲一定悲恸不已，大概已经在愤怒之下失去了自我吧？那名发现了尸体的学生，也会被噩梦困扰吧？而这附近有着年纪相仿的孩子的父母，在庆幸自家孩子安然无恙的同时，也会感到惴惴不安吧？

与这些理所应当的担忧不同的是，我的内心深处竟然蠢蠢欲动。那是——

……君！

某种不安。

某种不寒而栗。

……犹如一条巨蟒。

那是种不祥的预感。正因为不清楚事件的本来面目，使得不祥的预感不断扩散，使得我的神经焦躁不安。

我想吸一根烟，才发觉烟盒已然空空如也。

“请问——”我转向吧台问道，“您这里有七星香烟吗？”

随后，我像是送瘟神般将报纸放回报刊架上。

3

回家途中，我遇到绿影庄的房客之一、按摩师木津川伸造。

木津川用白色手杖引着路，慢慢走下坡道。他正准备出门去工作吧？

我本打算和他打个招呼，但转念一想，反正他也看不到。他戴着盲镜的四方脸正对着我，但双眼中却没有映出我的身影。

我不必非与他打招呼，可当我们擦身而过时——

“晚上好。”万没想到，木津川用嘶哑的声音向我打招呼。

“啊？”我诧异地停下脚步，“您，您……”

我仔细端详起按摩师的黑色盲镜来。

“是飞龙先生吧？”

“是……是我。”他应该看不到我。那，又是如何知道我在这里呢？

“呵呵，吓了一跳吗？”

“是呀……”

“可别小瞧我这瞎了几十年的老头子啊。我啊，靠一点儿声音和气味就能知道周围的情况。”

我倒是经常听说盲人比普通人的知觉更敏锐，即使如此，我依然觉得刚才的情景不可思议。木津川单凭脚步声和体味就能判断出我的身份——我之前仅仅和他说过一次话啊！

“可是……”

像是乐于看我惊慌失措的样子，木津川再次笑起来。“刚才我也只是胡乱猜测。”

“猜的？”

“每晚去上班时，试着向第一个遇到的人打招呼。如果对方是熟人的话，听声音就知道是谁了。”

“哈，原来如此。”

“就当是碰碰运气喽。我那死鬼老婆子劝过我，让我别这么戏弄人。”木津川深深鞠了一躬，随即走下了坡。

4

我和母亲去看送神火祭。晚八时点燃神火，因此我们七点半就离开了家。

手持白檀折扇，身着捻线绸素白和服，母亲看起来十分艳丽，全然不像年近花甲之人。

沿白川街向南走到今出川街。

今出川街是贯穿东西的主街道之一，在东边与白川街交会。沿着自交会处变窄的小路一直向东走，就能到达银阁寺。

人行道上挤满了来观看送神火的人群。行车道也异常拥挤。

“真是人山人海啊！”紧紧跟在我身旁的母亲说道，“你最怕挤了吧？可以吗？”

我默默地点点头，抬眼向东望去。

夜幕下，山腰早已刻好庞大的“大”字。黑色的山上，祭奠即将开始。我甚至可以远远望见手持火把、正在跑动的人群——马上就要到点火的时间了吧？

晚上八时。

火把纷纷投入山中各处。顷刻间，火焰跳动着蔓延出去，不久便在黑暗中描绘出漂亮的“大”字来。

驻足观看的人群纷纷发出欢呼般的感慨之声。

“好漂亮啊！”身旁站立的母亲也轻声赞叹。

那景象的确美极了。我记得曾在照片及电视新闻中看过几次送神火的画面，但都无法与亲眼所见的壮丽景象相比。

我忘却周围的人声鼎沸，也没有附和母亲的赞叹，而是眯着眼睛远眺那跳动着的文字，沉浸在夏夜美丽的景象之中。

“真是美极了！”母亲再次轻声感叹道。她缓缓地扇起白檀折扇，檀香随风而来。

池尾沙和子。

二十八年来，被我一直称为“母亲”的姨母。

自姐姐实和子死后，她收养了我，视如己出。我知道，这并不仅仅因为我们是亲属，还有更深一层的理由。

池尾祐司和沙和子夫妇原本生有一子——年方十八的沙和子比实和子结婚晚，却先姐姐一步，于婚后第二年生下孩子。那孩子却在即将迎来一岁生日之际病死了，于是——

偏巧，那孩子死后的第二天，我出生了。

因此，自孩提时代起，沙和子就对我说过——

那个孩子死后第二天，你就出生了。所以，那孩子转世成了想一。你知道的，对吧？

恐怕十年前过世的“父亲”祐司也是这么想的吧？

无意中，有人撞到了我的后背。

“啊。”一声短促的叫喊声与什么东西掉落的声音相继响起，“对不起。”

是女人的声音。我回头看过去，只见那位女子蹲在路旁，捡着从纸袋里散落一地的书籍。大概是刚才撞到我的时候掉的吧？

“对不起。光顾着看祭奠了，没注意前面有人。”

“没关系的。”我边说边捡起掉在脚边的一本书，递了过去。

“啊，谢谢你。”她接过书后，急匆匆低头行了一礼。

那是名身材娇小的年轻女子，头发齐肩，身穿宽松的淡蓝色T恤衫，身上散发出淡淡的酸甜味道（也许是洗发液的味道）。

她重新抱好一纸袋的书，再度匆匆低头行礼后，从我身旁走过，消失在茫茫人海之中。

不知何故，那仰望着我的腼腆的大眼睛深深烙入了我的心底。

——1

谁都不曾记得自己出生的瞬间。** 也不例外。

将出生视为不可思议的偶然产物，还是“偶然”中有着纷繁复杂的因果？ ** 和其他人一样，没有深究这个问题。

对 ** 来说，思索本身毫无意义。

（为什么？）

也曾扪心自问。

毫无疑问，答案是存在的，将其用语言表达出来也没有问题。

只是，用语言表达未免过于单薄，而且，实际情况混沌不清。

** 摇摇头。

好似被浸入药液般迟缓：迟缓的思维，迟缓的感觉，迟缓的记忆，迟缓的……

（不能焦躁。）

（无须焦躁。）

没错，目前，静候时机就好了。

第三章　九月

1

夏日尽去，转眼来到九月下旬，我意想不到地邂逅了一个人。

九月二十日，星期日的黄昏时分。我如往常一样出门散步，到“来梦”喝咖啡。就在那时，发生了一件事。

小店吧台的角落里坐着一位弓着背、正和老板聊天的男顾客。起初，我并没有注意到他。对方似乎也没有注意到我，只是回过头，瞟了一眼坐在窗边的我，立刻转回脸去。

那位顾客身着软木色长袖 T 恤衫，配黑色西裤。吧台下交叉的双腿随店播放的 R&B 节奏摆动。

我抽着烟，喝着苦涩的咖啡，望着窗外的街景出神。男顾客继续和老板聊天。他们二人低声嘀咕着，很难听到聊天的内容——我也并不在意他们聊了什么。

但是，大约过了二十分钟——

窗外的风景沉浸在暮色之中，玻璃窗上渐渐映出我浅黑色的脸。

此时，我突然发现那名男子看向我。

起初，我还以为他与我一样，只是看着外面的风景。很快，我就改变了看法。我发现玻璃窗上映出的是他一直凝视着我的脸。

（怎么回事？）

我惴惴不安。

不过，我也觉得似乎在哪儿见过那名男子。他的相貌，他的神情……

正准备回头看清楚那个人的时候——

“你是飞龙君？”那个人率先问道，“这不是飞龙君嘛！”

我转过头。吧台旁的男子已经站起身来，向我走来。

“还真是你！”男子看着我说道，“刚才我没认出你来。没想到在这儿碰见你了，还真是巧啊！你什么时候跑到这儿来了？”

“请问……”我有些不知所措，再次端详起对方来，“请、请问您是……”

“是我啊！”男子用左手撩起刘海儿，“你小子不记得了吗？我是架场！架场久茂啊！”

“喔！是你啊！”这下子，我总算将眼前这张脸和昔日的记忆对上号了，“你是……架场？”

“可不是！咱们真是好久没见了！”

他转向吧台内眯着眼睛、笑嘻嘻看着我们聊天的老板，又要了一杯咖啡，坐到我的桌子前。

“咱们多久没见了？差不多有十六七年了吧？你好像瘦了很多。”

草草梳向一旁的刘海儿似乎已经盖住了整张脸，后面是一对小眼睛在闪闪发光；笔直的鼻梁下是薄唇大口；残存在我记忆中的架场留着和尚头，不过，眼前这名男子的确就是他。

“你在静冈待到什么时候？什么时候来的京都？”他眨着一双绿豆般的小眼睛，格外怀念般地问道。

“七月初搬来京都的。”

“你就住在这附近吗？”

“是啊。”

“那……难道说，你住在那个‘绿影庄’？”

“你知道那儿？”

“嗯，知道。”他点点头，继续说道，“我有朋友住在绿影庄附近，有时会路过那里。毕竟是幢古老的西式建筑，不管怎样都会引人注目。何况还有一幢贴着‘飞龙’名牌的日式平房在同一块地皮上。这可不是随处可见的姓氏，所以才不由自主地注意到。”

那么，难道说……

我记起七月初来此地时的情形。那个时候——

母亲先回了正房。我独自一人走到那幢洋馆二楼的阳台，发现门前有一个黑色人影，一直注视着洋馆。也许，那个黑色人影就是架场吧？所以，那个时候我的记忆才会与他伫立着的样子产生某种共鸣。

“你住在什么地方？”我问道。

“住在学院附近。”他回答道。那是更往北一带的地方。“这家店的店主是我大学时的前辈，所以经常过来坐坐。只不过我平时来得要晚一些。”

架场久茂——他是我小学时认识的朋友，也许，称其为“幼年玩伴”更加恰当。

我们在静冈同一所初中和高中上学，但直到高中时，我们才变得特别要好。高二那年冬天，架场突然转校了。这么说起来，我记得他似乎搬到了关西地区。

“现在啊，我在K**大学文学部做助教呢，其实就是个打杂的。你呢？做什么呢？”

我被他这么一问，有点不知道该如何回答。“嗯……我嘛，没有就业。算是……嗯，以画画谋生吧。”

“是吗？”架场看起来并没有特别诧异，“你上过美大吧？从小你画画就特别好。嗯，我还记得很清楚呢。你画的那些画儿，全都奇奇怪怪的。你结婚了吗？”

“没有，我和母亲相依为命。”

“令堂没催你早点结婚吗？”

“那倒没有。”我缓缓摇摇头，继续说道，“你呢？”

架场反问道：“我吗？”

他像猫一样伸展着团起的身体，猛地耸了耸肩。

“暂且还是以独身主义者自居。不过，最近我总遭受亲戚的白眼。”

高中毕业后，我到东京的M**美大求学，在那儿过了四年的寄宿生活。大学毕业后，我回到静冈的老家，一直随心所欲地画着画。

池尾夫妇——我的养父母——并没有过多非难这样的“儿子”。我自幼体弱多病，性格内向，不善与人打交道。关于这些，他们都非常理解。

何况，那时我得知了另一件事。池尾家从飞龙家——即我的生父飞龙高洋处——收到一笔数量可观的抚养费。我想，如果没有这笔费用，我的处境就会有所不同。

养父死后，我依旧体弱多病，害母亲操碎了心。

我在筑于高岗之上、能够远眺到海的家中，形单影只地度过了二十年。除了学生时代的朋友偶尔造访之外，我几乎不与任何人见面，日复一日过着犹如停滞的湖水般清冷寂静的日子。

那是与恋爱、结婚等绝缘的生活。这不是什么值得骄傲的事情，但我也没有因此而过分自卑，母亲也从未提及此事。我觉得今后恐怕还是如此吧？

仿佛要一举填补这十几年间的空白一般，架场问了很多问题，例如我现在都画些什么画，有没有开个人画展，为什么要搬家到京都来，等等。对他接二连三的提问，我一一做了回答。

“话说回来，你继承了那么大一份家业，那个遗产税什么的，是不是很麻烦啊？”

我向堆满烟头的烟灰缸中弹了弹烟灰，认同地说道：“是吧，似乎是处理了不少名下的土地什么的。”

“‘似乎’？我们说的可不是别人的事儿！”

“我一直住着院，索性把这些麻烦事全权交由母亲处理了。连搬家什么的，也都是母亲做主。”

“令堂现在做什么工作呢？”

“以前她上过班，不过搬来这里之后就没再工作了。不过，她还得照看那幢洋馆以及各处尚未处置的土地。”

“哦——你的身体已经好了？”

“嗯，还凑合吧。”

“以前你经常请假。”

架场眯起双眼，用大拇指敲得桌子一端咚咚响。我幽幽望着他那双褐色的双眸，突然，后脑一阵发麻。

……风。

那是种奇怪的感觉。

仿佛有一股微弱的电流自颈部一带酥麻麻地直通头顶。

……血红天空。

什么？那是什么？我不知所措。很快——

眼前的现实缓慢摇摆，突然之间——

……簇簇怒放……

……随风摇曳……

……

……黑色的一双……

……君！

……君！

……君！

……君！

“飞龙君？”

我被架场喊回了神。

“你怎么了？发什么愣呢？烟灰都掉了。”

“啊，对不起。”

我用力摇摇头，弹掉弄脏裤子的白色烟灰。

“你没事儿吧？脸色看起来不太好啊。”

“没什么，我不要紧。”

“真不要紧吗？”

“嗯。”

“那就好……都这时候了啊。”

架场瞥了一眼挂在墙上的钟，随即将扔在桌上的烟盒放回口袋，慢吞吞地站起身来。

“我还有个地方要去，告辞了。啊，对了，这是我的名片。”他从钱包中摸出一张绿色名片，递给我。

“随时保持联系啊。反正我下午都在研究室里。过几天我想去你那儿一趟，方便吗？”我也站了起来。

“没问题，反正我有的是时间。”

——1

深夜。

** 依然在那个房间。依然万籁俱寂。

(时机到了。)

意识到这点之后，表情上平添一副笑容。

** 笑了。

自己早就清楚那个男人——飞龙想一的栖身之处；可对方却丝毫没有意识到自己的存在。

无须焦急。不能急于求成。

当务之急就是——

** 笑了。

轻笑停留在喉咙深处。

2

与架场久茂重逢四日后——九月二十四日，早报再度刊登了关于京都市内儿童惨遭杀害事件的报道。

案发现场还是左京区——自银阁寺向南不远、名为“法然院”的寺庙之内。二十三日下午，参拜的游客偶然发现了被丢弃在草丛中的儿童尸体。

被害者是位名为“池田真寿美”的六岁女童，是住在附近的高中教师夫妇的次女。据悉，二十二日傍晚时分，池田夫妇到处都找不到真寿美，便向警察报了案。

杀人手法依旧是扼杀。

残留于真寿美颈部的指痕与上月杀害上寺满志的非常相似，并且，两个案发现场距离很近。因此，警察认定两起案件很可能是同一人犯下的连续杀人事件，并以此为方向进行搜查。

3

突然从睡梦中醒来。

（又来了？）

没错，又来了。那种动静又来了。

那动静，是“声响”吗？但它并没有完全形成“声响”，充其量仅仅是些微弱的空气流动，自充满黑暗的家中涌出，抑或连“流动”都算不上。

我独自处于暗夜之中。

最近一周（今天是九月的最后一天），我曾几次感觉到这种动静。

动静……什么东西发出的动静？谁发出的动静？觉察出非我的存在。微妙的感觉。自我的居所某处涌出的动静。

现在也是如此。自这座古老的宅邸之中，自这片夜晚的静寂之中，暗涌出来的……

“动静”——这一表达也许并不贴切，也许选用“异样感”这类词语更合适一些。

我认为那似乎是单纯的心理作用。事实上，我也以此为由，几度忽视了这种感觉。然而，随着次数的增加，我也不得不承认它真的存在。

单纯的心理作用？不，并非如此。

我坐起身，伸手去拿放在枕边的烟。

我盘着腿，坐在被子上，点燃了烟。小簇火焰在黑暗的房间中微弱地跳动着。

用作寝室的是有六叠大小的日式房间。从玄关进来后，经过两个房间就到了。

我没有开灯，在一片漆黑中静静吸了一支烟。我边吸烟边集中精神侧耳聆听。然而，我只听到自连接外廊的玻璃门一侧传来的秋虫的悲鸣，并没有听到其他“动静”。

母亲的寝室离我这里很远，位于玄关内左侧的最里面。也许，她还没睡下，也注意到什么东西发出的“动静”吧？即使如此，她的脑海中也不会冒出“异样感”这类词语吧？

我拿起手表，辨认时间。

凌晨三点整。

尽管我一直过着完全不受时间束缚的生活，但一过晚上十二点，我就会早早回到寝室休息。母亲就寝的时间则更早一些。

今晚，我依然如此。察觉到异样“动静”醒来时，一定是在同一个时间。拜其所赐，这些天早上总是起不来——平时八点就会自然醒的我，现在却常常睡到十点左右。

我醒来后，意识到那个奇怪的“动静”，打算找寻它的时候，它便消失无踪。以往几次都是这样，但我仍然坐在黑暗的房间里，感受着潜伏于黑暗中的那样东西。

不久——

不知什么地方突然传来一个微弱的嘀嗒声。

(啊，果真如此。)

我深深呼吸，屏神静气地聆听着。

嘀嗒、嘀嗒……

再次听到那个声音。我背对外廊，通向洋馆的走廊在我的左侧。那声音就是自走廊方向传来的。

我站了起来，决定走过去一探究竟。

我悄悄拉开门，走进伸手不见五指的走廊。我左手扶墙，尽量不把地板踩得嘎吱作响，慢慢地在黑暗中前进。

转过两个拐角，进入连接洋馆的直廊。黑暗之中，自窗边投下的星光隐隐可见。

走廊中空无一人。这么说，刚才的声音是……

嘀嗒。

那声音再度响起，自这条走廊的最深处传来。

走廊右侧有两间储藏室。一扇拉门“代替”了储藏室的隔墙。现在，那扇拉门紧紧关着。

我在黑暗中慢慢前行。

走到尽头的拉门前，我伸出手。

我打开那道门时，听到“哗——”的一声。

走廊尽头那扇隔开正房和洋馆的门半开着。门的另一方——洋房的走廊上开着灯。门内台阶口处，有个背对着我、两手撑在地板上的人影。

对方看起来和我一样，吃了一惊。

“啊，晚、晚、晚上好……”

逆着光，我认不出对方是谁。

“究竟……”

“对、对不起。”

我刚一开口，对方立即边道歉边站起身来。我在走廊的墙壁上摸索到开关，把灯打开。

那是名穿着米色运动服的年轻男子——原来是住在绿影庄“1-C”的研究生仓谷诚。

“这么晚了，你怎么在这儿呢？”

“对不起。”

他个子不高，但肩膀比我宽得多。虽经常闷在研究室里，但他的体格还是很健壮的。他一边挠着柔软的头发，一边不好意思地低着头说：“对不起，那个……光一郎它逃掉了。”

“光一郎？”

“啊，那个、那是仓鼠的名字。”

“仓鼠？”我不禁哑然。

“我把实验用的仓鼠带回来，养在房间里。刚才那小家伙逃走了。”

“你在找它吗？”

“是的。饲养仓鼠的事，跟房东太太，也就是令堂，已经说好了。”

这么说，我仿佛记得母亲提起过。

“但是，你为什么把那边的门打开？”

面对我的疑问，仓谷又抓起了头发。

“这扇门原本就开着一道缝呀。所以，我才觉得它有可能逃了进去。”

我们说的那扇门，在搬至此地时就坏了。据水尻夫人说，门锁已经坏了好几年，一直放着没管。父亲可能觉得没有必要修好它。

我曾提醒母亲还是修理一下的好，但她竟敷衍说“近期就修”，之后就不闻不问了。

“无论如何，深更半夜的吵到别人，不太好呀！”我用严厉的口吻说道。

仓谷垂着头，非常恭敬地说道：“惊动您了，真对不起。”

他畏畏缩缩地退到了门那边。

那只逃跑的仓鼠怎么办呢？

我边思索着边关上了门。

4

挑剔的小说家。

跟擦肩而过的人打招呼的盲人按摩师。

深夜追赶仓鼠的研究生。

净是一些稀奇古怪的房客！我边想边沿着走廊折了回来。

什么动静，什么异样感，亏我还一本正经地思前想后，真相却这么无聊！这么说，之前几次觉察到的动静，也许和今晚一样，都只是公寓某个房客来回走动的声音。

在松了一口气的同时，不知道为什么，我有些沮丧。

总而言之，那扇门还是早些修理为好。我要告诉母亲今晚发生的事，请她立刻叫人来修。

我刚要返回寝室，可突然有些不踏实，决定去看一下作为工作室的仓库。

在通道的尽头，那个人偶灰白色的影子迎接着我。我已经不再为那些奇形怪状的人偶感到吃惊，但还是不能消除对“她们”的抵触情绪。

父亲制作的这些模特儿人偶，除了仓库里的那些，放置在正房和洋馆各处的总共有六个——正房和洋馆各有三个。每个人偶都欠缺某一部分。

此刻，在我面前的“她”没有头颅。

正房玄关的人偶，没有右臂。

洋馆二楼前厅的回廊和里面的走廊上有两个——前者欠缺左臂，后者没有左腿。

洋馆一楼走廊上的那个没有躯干，以十字棒为“骨”，连接着双臂和头。

正房的另一个人偶在母亲寝室外的外廊上，只有左腿，其余的下半身都没有了——腰和右腿也“以棒代骨”，连接着上半身和左腿。

我读了父亲留在书架上的资料后才知道，模特儿人偶一般由五个可拆卸的部件构成，分别是头、上躯干、下躯干、右臂以及左臂。

从腰以下，包括腿部，这里统称为“下躯干”。其中的一条腿是可拆卸的。之所以如此设计，是为了方便为“她”穿上裤子。因此，如果把“一条腿”也算在里面的话，模特儿人偶就是由六部分构成。

六个人偶各缺失一个部分，并且，除了没有头部的那个人偶，其余五个都没有“脸”。

“她们”是父亲祈望死去的实和子“复活”而制作的，可即便如此——

为什么父亲特意把这些不完整的人偶放置在宅邸各处呢？为什么留下遗言不准别人动它们呢？

父亲或许被某种妄想缠住了。衰老，孤独，缅怀亡妻。于是，他（如邻居们议论的那样）终于疯了。

别去想了！

我不打算深入思索这件事——不想思索。

我推开仓库的门，打开灯，环视里面。

这里的人偶盖着白布，放在右侧靠门的一隅。无论怎样，我不想让它们一直散落在仓库里。

偌大的仓库中央摆放着画架和圆形矮凳。画架上的油画尚未完成。正在使用的画具乱七八糟地放在藤柜之中。仓库最里面收纳着硕大的木桌与扶手椅，还有高高的镶玻璃书架以及音响设备。

我看向仓库最里面。那里摆放着读书用的摇椅。

“什么！”我差点喊了出来。

那里摆放着一个本不该摆放在那里的东西。

那是个人偶。它本应被收在仓库的角落里，现在，那个人偶却坐在摇椅上。

（怎么会这样？！）

我偷瞄着椅背那一侧露出的头、肩以及后脑勺儿——的确是模特儿人偶那惨白的肌肤。

我战战兢兢地环顾周围，慢慢靠近摇椅。

那是个没有双臂的人偶。上躯干和下躯干的接合部分被卸下后，叠成弯腰的形状，这样人偶才能“坐”在椅子上。而且——

“什么！”我差点儿再度喊出声来。

人偶浑身是血。

缺失脸部的“她”的上半身——自喉咙到鼓起的胸部——胡抹乱涂着鲜血般的红色颜料。

** 笑了。

轻笑停留于喉咙深处。

(胆怯吧。)

嘴角微微翘起。

(尽管胆怯好了。)

不必急于求成。

先使其惶恐不安，再步步紧逼，然后……

第四章　十月

1

我犹豫了很久，不知道该不该和母亲说仓库人偶的那件事。最终，我不愿让母亲为我操心而选择了沉默。

搬至此处已经将近三个月了。

对母亲来说，离开长期居住的故乡，与我来到此地，心中应该是非常不安的。虽然无须担心眼前的生活，但不管怎么说，母亲在这座城市里没有一个推心置腹的朋友。

最近，母亲开始重拾三味线，看起来总算习惯了这里的新生活，但依旧没有什么朋友。母亲说，虽然与邻居有泛泛的交往，不过，她也能从一些细枝末节感受到外人对我家的偏见。

“因为你爸爸是个怪人。”她经常这样抱怨，“而且还是那种死法，难免……”

父亲生前的确被人毫不客气地称为“人偶馆的疯子”。疯子自杀后，与其分居两地的独生子和他不知为何姓氏都不一样的“母亲”迁了回来。而且，年过三十、孤身一人的儿子也不出去工作，日复一日待在家里无所事事。

这确实是适合街头巷尾议论的话题。

因此，我不忍再告诉母亲那件奇怪的事情。

母亲绝非坚强的女人，相反，我觉得她有一颗极其脆弱的心。

她把我当作自己已故的亲生儿子的“转世”，一心疼爱、抚育我。我觉得这并不能证明母亲的坚强，恰恰相反，她通过这样的方式找到了精神寄托，才得以度过自那以后的人生。

十年前，池尾父亲死的时候也是如此。母亲紧紧偎着他的遗体，号啕大哭。她牢牢握住我的手，凝视着我的脸说道——

还好有想一在。没关系的，反正有想一在。

母亲肌肤润滑，以致感觉不出她已经五十四岁了。在住院期间，前来照顾我的母亲经常露出明朗的微笑，借此来鼓励我，直到现在还是这样。

可是——

我知道，她偶尔也会露出茫然呆滞的眼神。

她也在渐渐衰老，也会忧心忡忡。

她……

我以画家自居，却从没有为自己作品的问世做出努力。况且，我体弱多病，无意结婚，自然无法让她有机会三代同堂。如此一来，我能为她做的，至多不过是不让她过度操劳而已。

所以，我决定绝口不提人偶的事，只是托母亲修理一下正房和洋馆之间那道门的锁。当时，我跟她说了仓谷寻找仓鼠的那件事。

“你吓了一跳吧？”她说着，旋即天真地绽放出笑颜。

(尽管如此……)

我独自思索着。

（究竟是谁做出那种恶作剧呢？）

从理论上说，嫌疑人显然就是绿影庄的房客们。我认为多半就是这样。

其中，最可疑的应该还是仓谷吧？他说仓鼠跑了，但那也许只是借口。

其他人呢？

辻井雪人当然也有可能，就算盲人木津川伸造不太可能，管理员水尻夫妇之中的某人也有嫌疑吧？

但无论“真凶”是谁，他为什么做那种事呢？潜入仓库，把其中一个模特儿人偶弄到椅子上，胡乱涂抹如血液般黏稠赤红的颜料，就恶作剧来说，不是太过分了吗？

总不能去找他们直接询问这件事吧？也没严重到要警察介入的程度。

到底是谁干的呢？为什么要这么做呢？

还是锁上仓库的门比较好。

我立即赶往锁店，买了一把坚固的荷包锁。

母亲发现仓库的门上挂着锁时，露出些许惊讶的神色。我只是解释说“小心驶得万年船”。

2

彼岸花盛开了。

这种别名“曼殊沙华”、“死人花”的花，在内庭的一角怒放。

一如七月搬来时那样，这个家的院子——前庭也好，内庭也好——都没有特意修剪。母亲只是偶尔打理一下正门和外廊附近的植物。

母亲也曾提起请园艺师来打理院子，但我主张任其自由生长就好。可能由于父亲生前就任其荒芜，我觉得这个犹如黑暗森林般的院子，与这幢古老的宅邸最为相称。

我坐在寝室外朝南的外廊上，抽着烟，发着呆，静静度过午后的时光。

秋意渐浓，繁茂的杂草逐渐枯萎。围墙旁杂乱无章地种着柊树、松树等常青植被，庭园中央孤零零地立着一棵粗壮的樱树。

(想必到了春天，就会绽放出美丽的樱花吧？)

父亲上吊之处的对面就是那片鲜红的彼岸花。与整个庭园的黯淡色调形成鲜明对比，映入眼帘的花丛艳得格外抢眼。

正如它的名字那样，花刚好在上月下旬开放[①]。进入十月之后，花朵才会逐渐凋零。

浓绿笔直的花茎犹如自地面抽生而出般伸展着，放射状的细小花瓣于花茎顶端绽放。

而“死人花”这一别名，则是因为它多生长在田野与墓地的缘故吧？

据说，有些地方也称此花为“弑亲花”，恐怕是因其含有有毒生物碱的缘故。以前食物紧缺之时，好像有人食用其球形鳞茎。

我眺望着在瑟瑟秋风中摇曳着的一簇簇鲜红花朵，不由连呼吸也随着花朵的摆动变得有规律起来。突然——

……鲜红的花。

内心深处的某个地方倏地动摇了。

---

①“彼岸”在日本指春分和秋分前后的一个星期。

……黑色的一双……

……两条黑色的线……

我慌忙闭紧双目。

……犹如……

……犹如……巨蟒的……

在眼帘中残存下红色残像的瞬间，我仿若看到旧时的风景。

3

自从仓库的门上了锁后，一切仿佛平安无事。

我依旧会在半夜醒来，依旧觉得某人、某物就在同一屋檐之下。这种“异样感”唤醒了我。

但是，我已经想通了。我觉得那就是洋馆某处、某人的动静罢了，没有什么可抱怨的。

反正锁已经修好了，这也是我感到安心的理由之一。即使有人想做无聊（或者怀有某种恶意？）的恶作剧，他也进不了正房。

可是——

一周过后，在我身边接连不断地发生了可疑的事情，与以往的形式略有不同。

十月九日。星期五。

傍晚，我照例到“来梦”去。

母亲下午就出了门。她每周有三天去练习三味线，分别是星期一、星期二和星期五。练完琴后，母亲会与在那里认识的朋友喝喝茶，天黑以后才会回家。

出门前，我把玄关的门锁上了。

发生人偶那件事后，我变得神经质起来，以前在白天不锁的玄关大门也会锁上——不仅外出时，就连人在家中也照锁不误。

我和母亲各有一把玄关大门的钥匙，备用钥匙放在厨房碗柜的抽屉中。顺便说一下，仓库的锁有两把钥匙，全部由我保管。

我出门前总要瞟一下信箱——邮递员大致在三点半至四点之间过来。虽然并未与母亲商量过，但确认有无信件成了我的工作。

说起送到我家的信件，大多是公共费用、保险费付款通知书或收据以及邮寄广告等，几乎没有私信。今年夏天转来几封寄至旧址的暑期问候信件，但我觉得麻烦，连回信和迁居通知也没有发出。

信箱就安装在门柱上。我把右手伸了进去——我总是这样用手摸一摸。

信箱里既没有明信片也没有信件。我在空空如也的信箱里只触到了冰冷的物体。

“啊！”指尖划过轻微的疼痛。我不由得喊了起来，抽出了手。

（什么？！）

中指指尖受了伤，自指肚上绽出鲜红的血滴。

我吃惊地看向信箱里面。

（玻璃吗？）

没错。就是玻璃。

长约五厘米的玻璃片被扔在信箱里。细长的三角形碎片尖端划破了我的指尖。

我边用舌头舔着伤口，边伸出左手拣出了玻璃片。

（为什么这种地方……）

信箱里会混进这种东西吗？怎么可能呢！怎么想都不该有这种事。

如此一来……

我一边将玻璃片扔进前庭的树丛里，一边下意识地张望了一下。

(是谁干的？是故意的吗？)

不是只能这样考虑吗？

有人故意把玻璃碎片放在信箱里——他知道这家的人会伸手进去，很可能会因此而划伤手指。

风吹树鸣。

前庭树木渐渐浸于暮色之中。我感到轮廓模糊的某种恶意，一阵令人作呕的厌恶感袭上心头。

4

“最近总发生奇怪的事。”晚餐时，母亲说道。这是在十月十二日——信箱里出现玻璃碎片三天后。

“大概是小孩子的恶作剧吧，可是……”

一听到“恶作剧”这几个字，我吃惊地停住了筷子，抬头看了看母亲的脸。

“什么怪事？”连自己都听出说这话时，我的声音十分紧张。

母亲好像没有察觉到我的这种反应，答道：“也没有什么大不了的。不过，今天早晨已经是第三次了吧……”

“是什么样的恶作剧？”

“玄关外躺着石块。”

“石块？”

“嗯。大概这么大吧。”母亲把双手的拇指和食指搭在一起，圈成一个椭圆形，“一块不小的石头孤零零地摆在那儿。”

“在玄关的什么地方？”

“就在打开门两步远的地方。如果我没有记错，最早是上星期四吧？怎么也想不到那种地方会躺着石块，所以我早上出门取晨报的时候脚踩在上面，差一点儿摔倒。这本来也没什么大不了的，可前天和今天早晨，在同一个地方，又发现了类似的石块。”

“就这个？”

“嗯，是的。”母亲一面往茶壶里倒着热水，一面说道，“是不是很奇怪呀？又不会是自己滚过来的，怎么看都觉得是谁放在那里的。”

“……”

“所以，我才觉得可能是小孩子的恶作剧。但是，偏偏又发生在大清早。小学生会在上学前做出这么淘气的事吗？要是养猫人家的门前放着空罐头、空瓶子什么的，似乎就要多加注意了，可我们家又没有养猫。”

“猫和空罐头有什么关系？”

“据说是用来捕猫的。”

“捕猫？”

“似乎白天先踩点查看，找找养猫的人家。要是谁家养着不错的猫，就在那家的门口放上一个空罐头做记号，晚上就去那家捕猫。”

“用那些猫咪的皮缝制三味线吗？”

“大概是吧。”

捕猫的事姑且不说，在玄关放石块确实是件奇怪的事。我不知道该如何理解这件事。

真如母亲所说，是附近小孩子的恶作剧吗？还是……

和前几天在信箱里放玻璃碎片不同，放置石块本身并不能给我们造成多大危害，至多像母亲那样不留神踩上去，差一点儿摔倒。

因此，我总觉得，在“恶意”这一点上，两种“恶作剧”的性质并不相同。

可是——

（孤零零地摆放石块……）

我总觉得有什么缘由。

（到底是什么呢？）

“想一，”母亲看我停住筷子沉默不语，不禁担心地问道，“你怎么啦？”

“不，没什么。”

“最近你经常闷闷不乐的。”

“是吗？”

“没什么事就好。再添碗饭吧？”

“不用了，我已经……”

母亲忧心忡忡地看着放下筷子的我。过了一会儿，她一边帮我沏茶，一边用爽朗的语气说道：“喔，对了，我说想一呀，我早就想过要不要把公寓的人都叫来一起吃顿饭呢。”

“啊？”

“前几天，跟仓谷先生聊了几句。他说他一直过着单身生活，吃饭时冷清得不得了，还净在外面吃。所以我就想一起请来辻井先生，可能的话连木津川先生也请来，做一顿火锅给他们吃，怎么样？对于他们这些独居者来说，一定会很高兴吧？”

“为什么……”我皱皱眉头，但是，当我察觉出母亲这唐突建议中包含的良苦用心时，便放弃了反对的念头。

“偶尔跟与自己大相径庭的人接触一下也不错，想一，对吧？”

这么做，其实并不是为了那些人着想。她觉得这是为了我好。

为了患上孤独之症（在她看来？）的我……不，不是的，这或许也是为了她自己。

“既然您这么说，那就照办好了。”我回答道。

如果母亲这么认为的话，我没有异议。何况……没错，对我来说，现在的确需要找个机会和他们聊上一聊，不是吗？

虽然我并不清楚这些“恶作剧”——信箱的玻璃碎片事件与这次的石块事件——是否为同一人所做，但至少那个仓库的人偶事件的“真凶”很有可能是他们之中的某个人。如果以“失明”这一理由将木津川伸造剔除，那“真凶”很有可能就是仓谷与辻井之一。

平时我几乎不与他们照面。如此一来，不正是可以不露声色地打探消息的好机会吗？

“那我就问问大家什么时候方便。”母亲开心地笑着说道。

5

心情不错的时候，我会去稍远些的地方。

我非常喜欢从银阁寺通到若王子的“哲学之道”，因此常选择游客较少的时段去那里。上个月发现女童尸体的寺庙就在这条路附近。

我并不讨厌古刹或神社，所以有时会去南禅寺和下鸭神社。这种步行去稍有些远的地方，我大多会骑自行车去。

可是，那辆自行车的刹车坏了。

那是发生在十月十六日星期五下午的事。

我骑车出门后不久便察觉出车况不对劲。无论怎么握紧刹车，前后轮都完全刹不住。

我骑着车刚开始下坡道，速度就相当快了。我急忙将双脚撑地，想使劲停住车子，但它没有马上停下。

前方走来几名放学回家的孩子。他们闪到道路两旁，吃惊地停住脚步，看着疾驰而过的自行车。我此时想必一定非常惊慌。

本来我的运动神经就非常迟钝，加之急于避开孩子而失去平衡，最后笨手笨脚地摔倒在地。

孩子们“哇”地喊了起来，接着哧哧地笑了——老大不小的人骑着小型自行车摔倒的样子，一定很可笑吧？

左边的膝盖、肩膀及肘部重重摔在柏油路上，使得我好一阵子喘不过气来，身子也动弹不得。

“大叔，你还好吧？”一个孩子不忍看我这副样子，过来问道，“要叫救护车吗？”

我总算从地上爬起来，摇了摇头，扶起倒在地上的自行车。

仿佛什么事都没有发生般，孩子们喧闹着走开了。我像是跟在他们身后似的，扶着摔弯的车把返回家中。

衬衣手肘部分破了，露出的皮肤上渗出了血。裤子倒是没有擦破，但膝盖和肘部一样疼痛。

我并未急着处理伤口，而是一回到家就立即检查刹车。于是，我终于弄清了一件事——

连接手刹杆和车闸的两根钢丝断了。

6

十月二十日，星期二的晚上。

母亲邀请绿影庄的房客到正房，围着暖炉，一起享用鸡肉火锅。

莫说是仓谷，就连辻井也出乎意料地接受了母亲的邀请。

“劳您费心惦记着，只是……”听说木津川婉言谢绝了母亲的好意。较之身体上的障碍，他似乎更介意自己与其他两人的年龄差距。

难得凑在一起热闹热闹，母亲也跟水尻夫妇打了招呼。偏偏道吉老人因感冒而卧床不起，但乐于助人的纪祢太太还是帮母亲准备了食材。

最后，这次聚餐仅有四人。尽管如此，也比平常热闹了许多。

起初，仓谷和辻井还规规矩矩的。酒劲儿上来后，他们渐渐露出本性，变得健谈起来。几乎都是母亲陪着他们说话，我专心致志地扮演听众的角色。

“所以我说嘛，做研究生真不容易呀！笨蛋教授这么多，可就算他一脑子糨糊，当着他的面儿，总不能管他们叫‘糊涂车子’吧？”仓谷两颊通红。他不断地发牢骚，表情却很放松。

“可是，仓谷先生迟早会荣升为 K** 大学的教授吧？”

听母亲这样一说，仓谷挠着头说道：“不知道要等到猴年马月！再说了，我上头的博士还有很多呢。先前，老家的爹娘听到我考上研究生，那高兴的呀！可这阵子，他们似乎也明白这趟水的深浅了，没准儿还希望我能随便找个饭碗，也算有个交代呢！”

“可要我说，你总算有个好身份呀。”辻井苍白的脸上也飘起红云。我总觉得他话里带刺。辻井边不住舔湿嘴唇，边吊着眼角讽刺般地说道：“至少也相当于旧帝国大学的博士生大人呀！从长远来看，你可是前途无量呢。”

“算了吧。辻井老兄你二十几岁就获得新人奖登上文坛，不是挺厉害的吗？我也想当个小说家啊！可惜我根本没有那个本事。”

辻井自嘲般哼了一声。“就算跻身文坛，写不出畅销作品照样糊不了口呀！顺便告诉你，畅销不畅销，这玩意儿实在是搞不清楚，并不是优秀作品就一定畅销。”

——自己就是最佳案例。很显然，辻井就是这种想法。

“不过，我还是很羡慕你啊！”

“随便你。”

“你在晚上创作吗？”

“随时随地，毕竟我还要打工嘛。话说回来，你弹的吉他真是让我挠头！虽说换了房间，情况略有好转，但附近的小孩儿依旧吵得要死。”

“哦，这么说来，也许我弹三味线也打搅到你了吧？”母亲说道。

辻井露出苦涩的表情，回答道：“怎么会，哪里的话。”

“喔，对了，仓谷先生，”母亲突然转移目光，“你找到前些日子逃走的那只仓鼠了吗？”

“唉，后来还是没……”仓谷不好意思似的将目光转向我，“那晚实在很抱歉。”

“没关系，不用介意。”

“还是没找到它吗？”

“是的。那家伙身手可敏捷了。”

“它会不会在家里的某个地方住下来了呢？”看起来，母亲并不讨厌那只仓鼠，“过一阵子，仓鼠和家鼠生的孩子就会在家里蹿来蹿去了。”

母亲咯咯地笑着，脖颈呈现出粉红色。自很久以前起，她就喜欢喝酒。池尾父亲健在时，每晚夫妇二人都会相对小酌。如今，母亲依旧会在就寝前喝些清酒或是啤酒。我偶尔会陪陪她，但基本上属于不太会喝酒的那类人。

尽管如此，今晚有人频频劝酒，我就照单全收。在并不算非常惬意的酒意之中，给我留下深刻印象的对话有——

“我说，那件杀害小孩的案子，凶手已经逮住了吧？”仓谷说了起来。

“第一起案子就发生在离这儿不远的水渠，对吧？第二起案子在法然院。报纸上写着是同一个人干的，也不知道是不是真的。”

“我没听说有人被抓住了呀。”母亲弹了弹薄荷烟的烟灰，回答道。她一喝酒就会抽上一支烟。

“真是一起令人讨厌的案件！为什么要杀害无辜的孩子呢？”

“不会是变态狂下的手吧？”仓谷瞥了辻井一眼，“辻井老兄，你是怎么想的？你觉得凶手是什么样的家伙？要是破不了案的话，还会发生第三起案件吗？”

“喔？这个嘛……”辻井边回答，边将酒盅里的酒一饮而尽，“我对实际发生的案件没有兴趣。眼下光是考虑我那部小说里的杀人案件，就已经焦头烂额了。”

“啊？你现在写的是推理小说吗？”

“算是吧。”

“这么一说，”我插嘴说道，“你倒是说过要写以这个家为原型的故事，是那个吗？”

“哇！以这个家为原型吗？”仓谷叹道。

“名为‘人偶馆事件’，对吧？”

听我这么一说，辻井立即扫兴似的缩了缩脖子，说道：“记得挺清楚嘛。”

“毕竟是搬过来的第一天听到的，所以印象深刻。”

“‘人偶馆’吗？可不是嘛——”仓谷用充血的眼睛环视了一下屋里，“这边的房子里也有那种模特儿人偶吧？”

我一边点头，一边留意了一下仓谷的表情。

如果他就是潜入仓库的“真凶”，那么，他当然知道放在左右甬道上的人偶。如今他问我正房里是否也有人偶，是在伪装，还是真的不知道？

我无法判断。

随后话题一转，大家开始探讨在家里到处摆放那种人偶的缘由，但我和母亲都没有做出任何解释。

“不管怎样，这的确是个有魅力的地方。”仓谷频频点头。虽然不知道他有多少出于真心，但至少那副神色看上去似乎很是钦佩。“‘人偶馆事件’吗？噢……”

“飞龙先生，说起馆来——”仿佛忽然想起什么似的，辻井看着我说道，“你听说过中村青司吗？”

“中村？”

“中村青司。青色的青，青司。”

这名字似乎听过。我记得那是……

“是一位建筑师的名字。他早已过世，是一个颇富传奇色彩的人物。”

“如果没有记错，他是那个藤沼纪一的……”

“就是‘水车馆’呀。对，就是他。”辻井冷笑道，“我也只不过是在一家杂志上看到过而已。不过，如果说这个被我称为‘人偶馆’的建筑也是他的作品，你会觉得有意思吗？”

“这里？是中村青司建造的吗？”

“没错！我想过，这里也许真的和他有关。”

“……”

“令尊飞龙高洋和那位画家藤沼一成可是至交，认识至交的儿子纪一也在情理之中吧？倘若考虑到这层关系的话，那么，比如说在这个洋馆改建时，高洋委托给中村青司来设计的话，也是极有可能的。”

对我来说，这实在是一个意味深长的提示与假设。

那位建筑师中村青司参与设计的几个“馆”，都发生过莫名其妙的案件。

在苦涩的醉意中，我想起去年秋天，我的一位朋友来探病时说过的话。

7

我被不知从何处传来的喊声惊醒了。

虽然是一个短促的喊声，但足以在一瞬间将我从睡梦中拉回来。

（刚才怎么了？）

我掀开被子，穿着一身睡衣从寝室里跑了出去。

“妈？”

刚才好像是母亲的声音。虽然在睡梦中听不真切，但我想不出还有别的可能。

“妈？”

我不清楚那个声音从哪里传来。从寝室吗？还是其他什么地方？

我先到厨房看了一下，但那里并没有母亲的身影。

“妈？”

再度呼唤她的时候，玄关处传来回应之声。

“想一……”那是充满恐惧的嘶哑声音。

“妈，怎么了？”我边问边沿走廊跑了过去。刚刚睡醒的我头脑尚未清醒，但某种不祥的预感却如同墨汁般扩散开来。

母亲伫立在没有铺地板、放有模特儿人偶的地方，背对着半开的门，面色苍白地看向我。

“您怎么啦？刚才，是您发出的喊声吧？”

母亲轻轻点点头。

“出什么事了？”

“你看那边……”母亲发出颤抖的声音。她目不转睛地看着我，用手指了指身后。

“门外吗？”我问道。

玄关大门外又被放了什么东西吧？从母亲这副惊慌失措的样子来看，恐怕门外放着的不是前几日的那种石块。

“等等，想一。”我刚要走出去，就被母亲一把抓住了睡衣袖子。她浑身哆嗦，摇着头劝道：“你还是不看比较好。”

“门外到底有什么啊？”

我没有听她的劝阻，边问边向外张望了一下。就在那一瞬间，我发现了灰色石板路上有个奇形怪状的物体。

“啊……”我情不自禁地从喉咙里发出了低吟声，突如其来的呕吐感使得我不由得捂住了嘴。

门外横着一具可怜的小动物——一只小白猫——的尸体。

“太过分了！究竟是谁干出这种……”

母亲发出惨叫也是理所当然的。那副死相实在惨不忍睹。小猫的头部还没有人的拳头大，却被压得扁扁的。

那是发生在十月二十四日星期六早晨的事。

——1

(胆怯吧。)

模特儿人偶上的血。信箱中的玻璃碎片。玄关处的石块。自行车被剪断的刹车。猫的死尸。这一切都是 ** 干的好事。

这一切都是为了要他心生畏惧。而后，就可以让这个早已将一切忘诸脑后的男人，认识到自己犯下的罪行。

还不够。

对于我留下的讯息，那个男人依旧不解其中深意。

依旧……

(胆怯吧。)

** 诵咒般重复吟唱。

(尽管胆怯好了，而后……)

8

不知是谁对我怀有如此恶意。

迄今为止，这一连串事件都是同一人所为——姑且从这个角度去考虑。

最初是仓库的人偶事件。之后，我让人修好了正房与公寓之间的门，又在仓库的门上装了锁。因此，再也不能潜入正房的“真凶”将“活动场所”转移到屋外。

接着，就是信箱里的玻璃碎片事件，然后便接连发生了玄关大门的石块放置事件，自行车的刹车剪断事件以及虐猫事件。

这一连串的事件恶意满满。那恶意针对我们——不，只是针对我一个人。

不过，母亲也成了受害者。

石块的事姑且不提。关于猫的尸骸，最早发现的她毫无疑问是第一受害者吧?

如果说这些全是同一人所为，那么他（还是她?）的目标自始至终就是我，母亲只不过是受到牵连。

——有人对我怀有恶意。

具体说来，那是何种程度的恶意呢?又是哪种恶意呢?

只是单纯的骚扰，还是期待出现“更好的成效”呢?

实际上，我已经受到了两次肉体上的伤害。

如果只是被玻璃碎片割破手指，还能以“恶作剧”了事，但破坏自行车的刹车呢?虽然那故障在骑车前稍做检查就会立刻被发觉，但若稍有差池，那可就不是受一点点小伤就能了事的了。

（究竟是谁?为什么要这么做?）

我冥思苦想。

辻井雪人、仓谷诚、木津川伸造、水尻夫妇——“真凶”就在这些绿影庄的房客中吗?

（究竟是谁?为什么这么做?）

我能察觉出某人的恶意表现得越来越露骨了。放任不管的话，那份恶意会进一步升级吧?他（或她?）究竟期望得到什么呢?

即使如此判断也不为过，那就是——

有人企图加害我。

9

“有人要害你？”架场久茂慢慢向上拢着长长的刘海儿，盯着我的嘴角说道，“这究竟是怎么回事？这消息来得太突然了，吓我一跳。”

虽然这么说，可他看起来却没有很吃惊。我心绪不宁地看看桌子上的杯子，又看看烟灰缸。

“就是说，最近在我身边发生了一些怪事，无论如何都只能得出这个结论。”

“怪事？”

“是的，就在最近这一个多月里。”

“你觉得有人要害你？都发生了什么事？好啦，不管怎样，你先说说看。”他优哉游哉地说道，“我不会一笑了之就是了。”

十月二十八日星期三。下午四点半。地点在“来梦”咖啡馆。

昨晚，他打来电话，问我最近过得怎么样。

这电话来得很及时，对我而言真是求之不得。关于这一个月里接连发生在身边的事情，我正想找个第三者，听听他的意见。

有人要害我。

我成为某人的靶子。

我无法开口对母亲诉说。话虽如此，一直憋在心中，也绝非上策。

我拿不定主意，不知道该听取谁的意见才好。我没有推心置腹的朋友。即使想和上个月重逢的老友商量，可总不好意思主动与人家联络。因此，昨晚接到他的电话时，我感到格外高兴。

昨晚那通电话中，我没有告诉他有事相商，只谈妥次日傍晚再会。我记得上次他说过想来我家，但最后还是把地点定在了“来梦”。

于是，现在——

我将有人想要害我的事和盘托出，这的确让他感到相当突然，但……

“这样啊。”听完大致情况，架场轻轻地叹了一口气。他用两根拇指敲着桌子边，其余手指交叉在一起。我记得这是他很久以前就有的习惯。

“原来如此。这么看来，你觉得有人要害自己，也是理所当然的。”

“对吧？”

“不过，也能从别的角度慎重地考虑考虑。”

“慎重？”

“没错，慎重。”架场点了点头，拢着垂下的刘海儿说道，“比如说，你假定所有事件均为同一人所为，但是否果真如此呢？”

“你觉得不是同一人所为？”

“我只是提供另一种可能性。如果是那样，你说的对方的‘恶意’，其性质就有所不同了。”

“为什么？”

“拿最开始那件仓库的人偶事件来说，与其他事件不同，这件事显然是你身边的什么人为了戏弄你而做的，但其他几件事，我觉得作其他解释也都说得通。”

“其他解释？”

“正门口的石块仅仅是小孩子的恶作剧而已。信箱的玻璃碎片也许是某种偶然。比如说，送报人想放报纸的时候，报纸掉在地上了，把它拾起时，偶尔夹进了落在路上的玻璃碎片。”

“怎么可能！”

我刚想反驳说他牵强附会也要适可而止，他却打断了我的话。

“别急，请听我把话说完！”说着，他将没有抽完的香烟叼在嘴上，“接下来是自行车的刹车吧？比如说，那刹车也许不是人为破坏的。也就是说，是使用年限到了。”

“使用年限到了？”

“又不是什么不可能的事。机器都会有坏的时候，就算是宇宙飞船也会掉下来。自行车的刹车坏了，有什么不可以吗？”

“可是……”

“你说钢丝断了，那你仔细检查过断面吗？”

“没有。”

“没管它吗？”

“已经送去修理了。”

“这下子就无法确认了。还有一件事是猫的死尸吧？这也可以单纯地考虑为醉汉的恶作剧——虽然恶作剧的性质相当恶劣。”

“可是，架场君……”

“我只是说也有这种可能性。重要的是，对那些事情的解释不同，其用意也会为之一变。虽然你说有人要害你，但这些事另作他解也是可以的。当然，我没有全盘否定你的‘解释’。说不定，你的想法才是正解。我很担心你现在的状况。”

“担心我？”

“一副钻进牛角尖的样子。”

“……”

“杯弓蛇影。一旦疑心生出暗鬼，没事都能想出事来。”

“你觉得我现在就是这样吗？”

“我不太肯定，但你还是从容地看待这些事比较好，你说呢？”

“可是……”

“那我来问你个关键问题吧。”架场吐了口烟，看着我说道，“你有什么线索吗？你知道谁会对你怀恨在心，或者为什么恨你入骨吗？”

“不知道。”我郑重其事地回答道。

被人怀恨在心的理由？加害我的理由？

我毫无头绪，完全猜测不到。就在此时——

仿佛有一股微弱的电流自颈部一带酥麻麻地直通头顶。

……天空……

与此同时，眼前的现实开始缓慢失衡。

……血红的天空……

……簇簇怒放的鲜红花朵……

(鲜红的……彼岸花？)

……秋之……

(遥远的。)

(极其遥远的。)

……漆黑的影子……

……黑色的一双……

(那是什么？)

……两条线的……

……君！

……君！

……石块……

(什么？)

……君！

……君！

……仿若巨蟒的……

(何时？)

……妈

……妈……妈……

(这是……)

……君！

……君！

“喂，飞龙君，飞龙君？”架场不停地呼唤着我。

于是，我的“失衡”消失了。架场露出一副担心——或者说诧异更为贴切——的神色，隔着桌子凑到我面前。

“对不起，我走神了。”

“身体不舒服吗？”

“没有，不是的，总觉得脑海里突然冒出了怪事。”

“怪事？”

“是啊，虽然我也不清楚那到底是什么。”

我慌慌张张地点上一支烟，深吸了一口，心神不宁地环顾着四周。

我们坐在咖啡馆窗畔一隅。昏暗狭窄的店内，只有我们这两名顾客。吧台内站着熟识的老板。BGM 是音量恰到好处的木吉他演奏。

(好怀念啊……是 Simon ＆ Garfunkel 吗？)

那是种不可思议的感觉。

刚才，那究竟是什么呢？

现实感的失衡……是幻觉吗？还是白日梦？

我不知道。迄今为止，我的确多次身陷幻境之中，就像刚才那样。

当然，大多一闪而过。短短一瞬间，内心深处的某个地方倏地动摇了。

我只经历过一次如同刚才那般强烈的“动摇”。那次是……对了，那就发生在上月中旬。在同一家店的同一座席上，同样与架场相对而谈。

这是为什么呢？

这是——

难不成，这是埋藏在我心底的记忆片段吗？

“你看起来很疲倦啊。”

听架场这么一说，我点了点头。

“我随口胡诌了不少。我知道你肯定会感到不安，但还是不要一个人胡思乱想。要是又发生了奇怪的事情，那时再来找我倾诉就好了。要是实在担心，我有个朋友在京都府警察本部当刑警，我可以帮忙找他商量。”

“不用了，还没到那个地步。”

“嗯，反正你别这么愁眉苦脸的。要是思虑过度导致神经衰弱的话，我这个门外汉就帮不上忙了。”架场咯咯地笑起来。

也许，他是打算开个小小的玩笑吧？如果我没有记错，他曾说过，自己在大学里主修的专业是社会学。

“谢谢。”我勉强挤出一个微笑。拜他所赐，我的心情似乎稍稍舒畅了一些。

10

一离开来梦，我马上带着架场返回家中。他说想看看我的家，尤其想到洋馆里面看看。

下午六点。

母亲照旧去练习三味线，尚未回家。

我带着他自正房玄关进了屋。果然不出所料，架场注意到那个立在大门一旁的模特儿人偶。

“这就是令尊制作的人偶呀。”

他饶有兴趣地望着人偶赤裸的白色身体。上次见面时，我就跟他提过父亲留下的这些奇怪的人偶。

沿着昏暗的走廊一直向里走去。跟在我后面的架场偶尔会停下脚步，好奇地打量四周，或是探头看看纸门大开的房间。

“请进。”我打开通向洋馆那道门的锁，催促道，“穿那边的拖鞋就行。”

我们并排走在走廊上。那道走廊以一扇门为界，从日式一转成为西式风格。

我们经过仓谷诚租住的“1－C”，走到现在是空房的“1－B”门前。

站在拐角处的模特儿人偶依然将视线（虽说是视线，但“她”那扁平的脸上根本就没有“眼睛”）投向内庭。看着这具没有上半身的人偶，架场大吃一惊。

“刚才那个少了条胳膊吧？”

“可怕吧？”

“是啊，确实可怕。这房子里的人偶不会全是这副样子吧？”

“没错，都是这副样子。”我点点头，并将装饰在家中各处的人偶的特征向他做了说明。

那六个模特儿人偶分别缺少左右臂、头部、上半身、下半身以及左腿。

“可是——”架场跟在我身后走进大厅，“为什么令尊会制作出这种肢体残缺的人偶呢？”

“谁知道。”我在通向二楼的楼梯前站住脚，说道，“我也觉得奇怪。”

“大概有什么用意吧。”

“无所谓，反正他已经死了。”我故作冷漠地答道。

架场仰望着大厅高高的天花板，像是突然想起什么似的问道：“你知道战前发生的梅泽家案件[①] 吗？”

“梅泽家案件？”

“好像在一九三六年吧，东京发生了一起有名的凶杀案。据说被发现的六具女性尸体分别被凶手截断，并拿走了头部、胸部、腹部、大腿以及小腿。”

“……”

“据说凶手收集了受到各个星座祝福的部分，企图以其为灵媒，创造出一个理想的身体，但实际上……”

我可没有心思听这种故纸堆中的变态事件。

我轻轻摇摇头，对架场说道：“你想去二楼看看吗？”

在洋房的二楼各处看了一下后，应架场要求，我们又去了工作室。

架场受到了站在甬道尽头那个无头人偶的“欢迎”。

看到挂在门上的荷包锁后，架场摸了摸煞白的脸，说道：“原来如此。出事之后，这里就一直上着锁？”

我点了点头，从钥匙串里找出了开这把锁的钥匙。

“来，请进吧。不过，屋里有点儿乱。”

①请参见绫辻行人的老师、日本推理作家岛田庄司的代表作《占星术杀人魔法》。

走入仓库后，架场立刻看向那张摇椅。

“涂着颜料的人偶就坐在那张椅子上吗？”

“对。”我边回答边走到屋子中央，坐在画架前的圆凳上。

“现在那个人偶在哪儿？”

“那个人偶被我的油画颜料弄脏了，就像有血从它胸口里流出来似的，看起来让人害怕，所以我就扔了。”

“哦。其他的人偶在……啊，在那里吗？”架场朝屋子一角盖着白布的“她们”看了一眼，“我可以看一下吗？”

“没问题。”

架场掀起盖布，饶有兴致地看着各式各样、形状怪异的人偶。他甚至伸手摸了摸“她们”的皮肤。

“呀。”他发出略带讶异的声音，随即转过头来对我说道，“我还以为模特儿人偶跟蜡人一样，也是用蜡做成的呢。这应该不是吧？”

“据说大正时代的人偶是用当时的进口蜡做的。现在只用这种被称为‘FRP’的强化塑料。看起来，父亲试过很多种原料。”

“人偶似乎是中空的？”架场抓起一个人偶，“没想到这么轻。”

“要是FRP制的普通人偶，恐怕会更轻吧？那厚度至多只有两三厘米。”

这类知识是我看了父亲书架上的资料才知道的。模特儿人偶的文献似乎没有以完整的书籍形态留存下来，即便是父亲留下的资料，大多也是手写笔记或类似模特儿人偶工房的宣传册。

架场在屋子一隅的模特儿人偶旁问东问西。我随口回答着他的问题。

不久，门外传来了呼唤我的声音：“想一？”

母亲回来了。她已经练习完三味线了吧？

“想一，有客人来访吗？”

11

架场久茂造访我家的翌日，发生了一件事。

我在早上十点左右起床。自那时起，我就有一种不祥的预感——大概是因为前一晚又感受到那种“动静”的缘故。

同一屋顶下潜伏着某个人。

即使那是在洋馆之中某个人发出的动静，即使那人对我抱有某种恶意，他也无法打开上了锁的门，到正房这边来。我无数次这样安慰自己，总算勉强又睡着了。

尽管架场那样开导我，但我依旧有些想不通。

不用多说，我也知道凡事只在一念之间。他想劝我不要总是疑神疑鬼，否则不利于心理健康。但是，除了仓库人偶事件，他将其他事件都试图解释为“偶然”或“单纯的恶作剧”，不是太过牵强吗？

我赞同架场说的另外一点——种种事端不一定为同一人所为，但是……

还有一件让人无法介怀的事。

昨天在来梦和架场说话时，突然降临的那奇妙的失衡感——这究竟是怎么回事呢？

虽然我曾数次经历过那种感觉，但至少在昨天，它仿佛是呼应架场提出的某个问题而出现的——我是否知道是谁要加害我。

假设，那种失衡感就是在架场发问后、突然记起的潜伏在我心灵深处的记忆碎片，那么，这段记忆和现在“有人要加害我”这一事实产生了某种关系。

上午十一点。

母亲为我准备了午餐。最近食欲不振，为了不让她担心，我勉强动了动筷子。

“昨天我真是吃了一惊。”母亲高兴地说道，“以为是生人，原来是架场呀。你上高中的时候，他来咱们家玩过几次吧？你们居然在京都重逢了，真是好巧。”

母亲为我在这座城市里遇见昔日好友而感到高兴。孤独的“儿子”总算有可以倾诉的同龄人了，对她而言也可以稍稍松松心了吧？

正午刚过。

我拿着灌满开水、用来泡咖啡的暖瓶朝工作室走去。今天打算一直画至傍晚，完成那幅尚未完成的画作。

我站在对开的厚重屋门前，将暖瓶放在脚旁，从裤袋里掏出钥匙串。此时，挂在门上的荷包锁没有任何异常。

但是，当我推开门，边摸索灯的开关边走入仓库时——

我瞠目结舌，吃惊地瞪圆了双眼。

“怎、怎么……”

怎么会发生这种事呢？！

仓库从外面上了锁。包括备用钥匙在内，一共只有两把钥匙，它们一直都由我保管。除了门以外，再没有可供人类出入的通道。墙壁很靠上的地方开着几个采光用的圆窗户，但圆窗的直径至多有三四十厘米，而且被铁丝网密封。

总之，从昨晚到今天，应该没有人可以出入这个仓库。然而——

就某种意义而言，这幅光景可怕至极，就算用“惨状”二字来形容都不为过。

本应堆放于仓库一隅的人偶全被拖到中央。“她们”之中有的缺少双腿，有的缺少双臂，有的失去了下半身，有的欠缺头部，还有的仅剩下一张扁平的脸。“她们”或仰或俯，更有的从腰部被“对折”。

那凌乱不堪的样子，不禁使人联想起亲手毁掉积木城池的小孩儿。

更可怕的是涂抹在人偶上的那刺眼的颜色！“她们”纯白的肌体上，再次被胡乱涂抹上血红色的颜料。

一幅由人偶构成的地狱景象。“她们”浑身是“血”，痛苦万分，呼喊呻吟之声似乎充斥在这间昏暗的工作室里。

我好一阵都无法动弹，不知道该如何处理。

就在此时，突然，我眼前的景象一片混乱。而后，内心深处响起一个声音。

……妈……妈妈……

……妈妈呢？

……她在哪儿？！

那是什么？

啊！那到底是什么呢？

无论如何，我不得不再度确信——

有人企图加害我。

第五章　十一月

1

“凶手”究竟是如何进入仓库的呢?

我反复考虑这个问题，但得不出任何有价值的答案。

门的确是锁上的，也看不出被卸下过的痕迹。

我考虑过另外一种可能性，那就是“凶手”会不会连门一起卸下呢？但是，那扇厚实门板颇有些分量，并非轻而易举就能取下。况且在我看来，门也没有被卸下的痕迹。

我从库房里拿来梯凳，检查了窗户，也没发现任何异常。铁丝网被铁钉自屋内牢牢地钉住。即使取下了它，成年人也绝对不可能从这里进出。

我确定，仓库处于完全密闭的状态。

其后，我立刻检查了那扇连接正房与洋馆的门，没有任何异常。

算得上是双重密室吧?

应该没有人能潜入正房。

而这间仓库，也是正房的一部分。

然而，事实上，有人潜入了这里。自前一晚我离开仓库，直至今日午后打开门，这期间，有人潜入仓库，再次对人偶动了手脚。

他（或她？）究竟是怎样做到的？

冷静地思考一下，我觉得破解谜题的关键在“钥匙”上。

首先，是外部密室——正房的钥匙问题。

我不露声色地问了一下母亲。母亲说，正门自不必说，就连窗户以及外廊的门也全部上了锁。而且，第二天早上也没有任何异常。我也亲自检查了所有门窗，没有发现破坏玻璃窗或损毁门锁等异常情况。

倘若持有钥匙，就算上了锁，依然可以从外面进入正房。正房之中总共有三扇通往外面的门——分别是正门、厨房旁的后门以及通向洋馆的那扇门。

我和母亲各有一套这几扇门的钥匙。

明明知道母亲会很诧异，但我还是问了“钥匙串平常放在哪里”、“最近有没有丢失”这类问题。她回答说“钥匙串在手提包里”，“未曾丢失过”。

与母亲一样，我也是随身携带钥匙串，或是把它放在身边，从未丢失。我还检查了放在厨房碗橱抽屉里的那串备用钥匙，也没发现任何疑点。

那么，“凶手”究竟是怎样潜入正房的呢？

难道是“凶手”瞒着我和母亲，偷偷配制了那些钥匙？只要能偷出钥匙，配出备份钥匙易如反掌。但是，“凶手”是什么时候偷走某把钥匙的呢？

难道是用门上的钥匙孔配出了备用钥匙？也不排除这种可能性。比如说，用蜡或什么东西印出钥匙模。

（对了。）

我终于察觉到了一件事。

如果关键问题就是配制备用钥匙的话，那么，不是有人首先应当受到怀疑吗？毫无疑问，我指的是水尻夫妇。

在我们搬至此处之前，他们夫妇就住在这里。听说，纪祢太太还会照料亡父的日常起居。如此说来，他们理应保管着正房的备用钥匙吧？

在把钥匙交给我们之前，多配一把相同的钥匙，对他们而言易如反掌。

水尻夫妇——一位是乐于助人、身体健康的纪祢太太，另一位则是驼背的道吉老人。很难想象其中一人（或是夫妇二人）会是做出这一连串事件的“凶手”，但自此以后，还是对他们多加注意为好。

“凶手”持有正房某处的钥匙。

继续推测下去，接下来就是内部的密室，即仓库的问题。

仓库门上挂着的荷包锁共有两把钥匙，均由我保管。这两把钥匙连同正房的其他钥匙，一并挂在钥匙串上。

一般来说，就连母亲也很难打开那把锁，那么第三者要偷走钥匙，配制出备份钥匙——我想，基本上可以排除这个可能性。

那么——

仅仅剩下两种可能性。

一、通过钥匙孔配制出备用钥匙；二、事发当夜，“凶手”趁我熟睡潜入房间，拿走了放在枕边的钥匙串。

且不说前者是否可行，光是后者，就存在很大变数。最近，我突然变得神经质，不会察觉不出有人潜入我的寝室。难道凶手宛如忍者般可以完全隐匿身形吗？

我再三考虑，仍然没有任何突破性观点。我真的很想和母亲谈谈，但犹豫再三，最终还是放弃了。

总而言之，我必须不分昼夜地提高警惕，以策万全。除了现在的门锁，正门、后门以及通向洋房的门上，最好再加一道门链或暗锁吧？

另外——对了，有必要换一把仓库的门锁。

我又去锁店买回一把新锁。付钱时，我还询问了通过钥匙孔配制备用钥匙的可行性。

“有的锁是可以的。”锁店的店员回答道，“但是，为了防止滥用，倘若不是相当可信的顾客，我们是不办理这类业务的。”

——1

深夜。房间内。

坐在冰冷的椅子上，全身沉浸在令人窒息的寂静之中。

（胆怯吧。）

** 拿起笔。

（胆怯吧。）

那个男人应该有所察觉了吧？

那份对自己散发出的强烈敌意以及其中的深意。

（胆怯吧！而后……）

左手持笔。

（给我好好想想吧！）

2

进入十一月后，京都气温骤降。仿佛越过晚秋，一下子进入了冬天。

一早一晚尤其寒冷，寒风自山上呼啸着刮了下来。我和母亲都很怕冷。因此，我们做好准备迎来在这座城市的第一个冬天。

十一月十日，星期二。

我依然在傍晚时分来到咖啡馆，但在那天后就再也没有见到架场。几次取出他给的名片，想打电话跟他说说那晚发生的事件，但最终还是没有足够的勇气。

我很怕打电话。

很早以前，我就对"只靠声音沟通却见不到本人"这一行为感到相当棘手，而且，我也很害怕突然而至的铃声。那玩意儿响起来，才不管你在干什么，也不管你此刻是什么状态。何况，架场给我的名片上只写有 K** 大学总机的号码。对我来说，通过交换台转接电话实在是一种折磨。

我也考虑过拜托来梦的老板，请他转告架场我想跟他联系，但最后也没能付诸行动。

下午六点。

我回到家，似乎有客人在母亲的房间里。拉门里面传来低沉的男性声音。

"你回来了！"母亲似乎察觉出我回来了，隔着拉门招呼着我。

接着，传来男子的声音："是少爷回来了吗？"

我以为是水尻老人，但声音似乎有些不同。

"是哪位来了？"我边说边走向母亲的房间，"我可以进来吗？"

“请进。”母亲答道。

我拉开拉门，看到母亲趴在被子上，她已经脱去和服，只穿了一件白色衬衣。一瞬间，我十分尴尬。

“打搅了。”那名男子说道。穿着白大褂似的外套、坐在母亲身旁的那名男子，就是按摩师木津川伸造。

这么说来，母亲倒是抱怨过，说最近全身酸痛得要命，还说要请木津川先生帮自己按摩按摩。

“啊……您好。”

“我请木津川先生过来帮忙按摩。”母亲支起身子说道。在她背后，煤油炉烧得旺旺的。

“不愧是专职按摩师，捏得好舒服。”

“您不是说酸痛得紧吗？”木津川通过墨镜看向母亲，“有需要尽管开口就好。”

“啊？今天就到此为止了吗？”

“不是的。虽然今晚我不当班，但是，您还要为少爷准备晚饭吧？”

“啊，没关系。”我从母亲身上挪开视线，“我还不太饿。”

“那有劳木津川先生，请你再按摩一会儿。”

说着，母亲又趴到了被子上。

不过，她又支起身子，看着我说道：“喔，对了，想一——”

“什么事？”

“有一封你的信。我放在起居室的桌子上了。”

“我的信？”

“是呀。总觉得那字迹挺不工整的，不知道是哪位寄来的。”

自那起玻璃碎片事件发生以来，不知不觉间，我改掉了习惯，不再去信箱查看信件了。可是——

母亲说“不知道是哪位”，也就是说，信封上没有寄信人的名字。

母亲又躺下来，木津川立即将双手伸到她裸露的肩上，时机恰到好处。好似那双隐匿于盲人镜后的双目，可以将母亲的一举一动看得一清二楚。

我关好拉门。突然——

（也许，他并不是盲人？）

这样的想法掠过我的脑海。

3

如母亲所说，信件就放在起居室的桌子上。那是到处都可以买到的白色标准信封。

我忐忑不安地看了一眼写在信封上的字。

上面写着我家的地址以及收件人的名字——飞龙想一先生。

像是用签字笔写的——那是犹如蛆虫蠕动般蹩脚的字体。刚才母亲说过“觉得那字迹挺不工整的”，现在怎么看都觉得是故意写成这样的——也许是用左手写的，或是抓着签字笔末端写的。

（为了掩饰真实的笔迹吗？）

我又看了一眼信封背面，果然没有寄信人的名字。此时，我隐隐约约地猜出寄信人是谁以及信上写了些什么样的内容。

我战战兢兢地环顾四周，总觉得似乎有什么人在盯着自己。

八叠大小的空间被灯照得明晃晃的，显然，不会有人在周围。面向外廊的玻璃窗上挂着深绿色窗帘，从缝隙间可以看到夜幕已经降临。

我走出起居室，几乎是小跑着去了工作室。

（来自不明寄信人的信件。隐匿真实笔迹的字体。）

打开新换的锁，我推开半扇房门。确认屋里没有异常之后，我以甩掉追踪者般的心情溜进屋内，再从里面上好门闩。

（来自不明寄信人的信件……）

坐在工作室最里面的书桌前，我将信封扔在桌子上。

邮戳的日期是十一月九日，盖着“左京”字样。这封信是昨日在同一地区寄出来的。

我无法下定决心一探究竟。不一会儿，我已经抽了三支烟。

（来自不明寄信人……）

我叼着第四支烟，总算拆开了信封。

信封里只有一张纸。

那是张印有竖线、B5大小的信笺纸。写在这张薄纸上的，依旧是掩饰着真实笔迹的不工整字体。

> 好好回想回想你的罪过吧！
>
> 好好回想回想你的丑恶吧！
>
> 好好回想回想吧！
>
> 等着瞧好了，近日内定为你松松筋骨！

“这……”

不经意间，喉咙一阵发紧。我仿佛置身于噩梦之中，好一阵子无法从信上挪开视线。

虽然并没有表明什么，但是，这显然是封威胁信——不，是预告信！

有人强烈地憎恨着我。有人要杀我——果然如此！

两次“人偶血案”；割伤手指的玻璃碎片；放在玄关外的石块；被破坏的自行车；被砸烂了头的猫——这一切果真是同一人所为。这一切，都是在向我示威。

可以肯定的是，“恶意”的第一阶段展示已告一段落，这封信象征着第二阶段的开始。

（可是，究竟是为什么呢？）

我不知道扪心自问了多少次。

（是谁？以什么理由……）

拿在右手里的信笺悄无声息地落在书桌上。

瞬间，我感到一阵强烈的寒意。那股寒意扩散至全身，让我打了个冷战。于是，我向放在屋子中央的煤油炉走去。

我将双手凑到燃烧着的火焰旁，恐惧地环顾屋内，就像刚才在起居室里那样。

散乱在四处的画具，尚未完成的画作，早已完成的画作。我无法丢弃浑身“血迹”的人偶，将它们聚集在工作室的一角，并盖上了布。

高高的窗。漆黑的夜。不可能存在的他的视线穿越黑暗直射而来。不可能听到的他的笑声回荡在寂静之中。

他说：“好好回想回想你的罪过吧！”

所谓“罪过”指的是什么呢？

我的罪过究竟指的是什么呢？

……两条……

……无尽延伸的……

（什么？）

……黑影，两个……

我觉得后脑勺微微发麻。与此同时，内心深处的某个地方动摇起来。

又来了!

它又想给我看某样东西，又想告诉我什么事。

心中的晃动越来越猛烈。现实的表象混乱异常，而后……

……孩子……

(有个孩子。)

(那个孩子是我?)

……血红的花簇……

……随风飘动……

(这是哪里?)

……两条黑色的线……

(两条黑色的……)

……轰……

……轰隆……轰隆隆……

……犹如巨蟒……

(蛇?)

……犹如……尸体……

……妈……妈妈……

……妈妈……

轰!

……妈妈!

……君!

“不!”我脱口喊出。

遥远的风景。遥远的声音。旧日记忆的痛楚……是这个吗?

不完整。无法拼凑起的碎片。但，这就是我的“罪过”吗?这就是我的“丑恶”吗？要我“回想”的就是这个吗？

“近日内定为你松松筋骨！”

他这样说。

为我松松筋骨是什么意思呢？显而易见。

寄信人以我的“罪过”和“丑恶”为由，想要害我。他宣称要“杀了我”。

剧烈的晕眩和呕吐感一下子向我袭来。

我离开煤油炉，体力不支般倒在书桌前的转椅上。

（会被杀死的。）

我，会被人杀死的！

“死亡”这个词在我的心中劈开了一道黑暗的深渊。我心惊胆战地向下窥视，然后……啊，没错，沉醉于自黑暗深渊中喷涌上来的腐臭气息之中。双脚不听使唤，跌跌撞撞地向前摔倒，一下栽了进去。

我僵硬地挪动四肢，仰视着天空。

（想一。）

现实世界的淡淡光辉化作无数金缕垂降下来，轻轻地缠在我身上，想把我从深渊中拉上来。

（想一。）

一双眼睛目不转睛地俯视着我的脸——我那呆滞地仰望着天空的脸。

（想一。）

那是母亲——沙和子姨母——的眼睛。那双眼睛看起来明亮而充满活力，根本不像已经寡居十余年的女人的眼睛。可是——

可是——没错，我知道她已老去，知道她的忧愁。她叹息着了无生趣的生活。

正因为如此，她才会如此疼爱我。

作为亲生儿子的“替身”，我感受到毫不吝啬的热情。她也因此得以存活下来，因此存活着。

我——

我不能死。

我再次拿起桌上的信，在强烈冲动的驱使下将它撕成了两半。

虽然不知道谁要害我，也不知道为什么要害我，但是，我不能坐以待毙。

此时，屋子的角落里响起“丁零”一声。

那细小声音，让处于极度紧张中的我差点儿从椅子上跳起来。

原来是电话铃声。

搬到这里前，这部黑色的转盘式电话就已经放在仓库中了。它和正房走廊上的电话使用同一条线路。我很少使用，但也不愿特意请人拆走。因此，我将来电音量调至最低。

在响过数次后，铃声停了。大概是母亲在正房那边拿起了话筒吧？

片刻之后。

“想一。”传来她的声音，“想一，你的电话，是架场君打来的。”

4

“前些天，你说的那些话让我放心不下，之后没出什么事吧？”架场这样问道。

对我来说，这无疑是雪中送炭。

那封来路不明的信件，可以理解为是封“杀人预告”。这是以我一人之力无法解决的事情。尽管如此，我也不能与母亲商量。即使是开玩笑说有人要杀我，她也会彻底崩溃。

在电话里，我只告诉他那件事有了进展，商定明日——十一日午后，我去找他。

架场工作的K**大学位于“百万遍”一带，在东西向的今出川路和南北向的东大路交叉点的东南角。整个大学总部占地面积很大。从家里走过去要三四十分钟，乘公共汽车也需要十分钟左右。

我混在学生中走进校门，循着昨晚电话中架场的指示，寻找着他所在的文学部大楼。

出乎意料的是，我很快找到了那幢コ字形的四层建筑。稳重的石制造型古典而威严。学生的喧闹与此形成鲜明对比，使这种印象更加突出。

我胆怯地走进那幢建筑物。每每与学生或像是教师的人擦肩而过时，我总会低下头，顺着昏暗的楼梯一直走向四楼。

我找到架场的研究室，伸出深深插在大衣口袋里的手，敲了几下那扇黑色的木门。然而——

“您好，请进。”门内出乎意料地响起清晰悦耳的女性声音。

我惶惑不安地又看了一眼贴在门上的金属指示牌。

社会学共同研究室

没错，这就是昨晚架场提到的房间。我记得先前从他那儿得到的名片上也写着相同的名称。

“请进。”那个声音再次说道。

我下定决心，打开了门。

这是个长方形房间。靠门这边有三分之二左右的空间都被一张椭圆形会议桌占据着，桌子四周摆放着扶手椅。一名身材娇小、穿着淡紫色毛衣的年轻女孩坐在其中一张椅子上，面前放着好像打字机的东西。

“请问助教架场君在吗？”

她的嘴角泛起一丝微笑，朝屋里看了一眼后，说道：“架场老师，有客人来访。”

我看了过去。他在窗边的书桌前，趴在打开的厚厚书本上打盹儿。

“架场老师！”那名女生再次喊道。

架场这才惊醒般抖了一下肩，旋即眨巴着那他双小眼睛看了过来。

“哎呀，欢迎欢迎。”

“打搅你休息了，对不起。”

“哪里哪里，没有的事儿。”

大概他察觉出我在不时偷看桌子边的女生吧，于是边揉着困倦的双眼边说道：“她呀，是我们学校的学生，叫道泽希早子。这里是共同研究室，所以大学生和研究生一有空就会聚在这儿。啊，不用管她。”

“你这么闲，还真好意思啊！”道泽希早子轻松地开着玩笑，“让学生誊写你的论文，还真是会偷懒啊。”

“别说了。”架场看起来并没有不好意思。他从椅子上站起来，指着我说道：“他姓飞龙，是我的朋友，喜欢画画。”

“你好，我是道泽。”她爽朗地笑着，冲我鞠了一躬。

我不知所措，勉强地回了一句“你好”。

乌黑柔软的披肩发，白里透红的脸颊，直挺小巧的鼻翼，与此相比稍显宽阔的唇瓣，双目灵巧地转动着。

“您画画？那就是画家喽？”她好奇地看着呆立在门口的我。

说实话，我很怕与女生聊天，尤其是像她这样活泼伶俐的女生。然而此时此刻，不知为什么，我就是无法转移视线。她的勃勃生气令我无法忽视。何况，迄今为止，我很少有机会接近这样有魅力的异性。

“画家啊……”我摸着口袋里的烟回答道，“就算是吧。”

“了不起！没想到架场老师还能结交到艺术家，真意外啊！”她调皮地笑着，突然——

（这声音……）

我突然觉得曾在什么地方听到过希早子的声音。

（这双眼眸……）

与此同时，她看向我的那双大眼睛，与我的记忆——而且是最近才有的记忆——产生了共鸣。

（……什么时候？）

（对了！是那个时候的……）

那是八月中旬。是了，就是送神火的那个夜晚，和母亲结伴去看大字形祭奠的那个时候。

有个女孩子撞在我背上，撞掉了拿在手里的书袋——不就是她吗？

仅仅见过一次，寥寥数语，为何会对她印象颇深呢？连我自己都感到奇怪。即使我没有记错，她大概也不记得我了吧？

“喝咖啡吗？还是喝杯茶呢？”希早子边说边向右侧靠门的地方走去。那里有个操作台。

“那个，嗯，请别费心。”

“飞龙君，你也别老站着了，随便坐吧。”架场边说边坐了下来。

他坐在会议桌旁，与希早子刚才工作时坐着的地方隔了一个座位。

“道泽同学，也给我倒杯咖啡。我要和他谈些私事，抱歉，能请你回避一下吗？”

“架场君，没事的。”我慌忙摆了摆手，“没关系，用不着特意让她出去。”

说出这句话后，我自己都觉得非常狼狈。

原本不想让第三者在场，然而，我却在挽留她。

——或许，这时我已经对她动心了。

5

“喔？杀人预告吗？啊，确实像是那么回事。”架场看着被撕成两半的信说道。希早子依旧坐在刚才的座位上，继续打着字。

“虽然也能拿着它去报警，但即使如此，警察也不可能给你贴身保护吧？我听说现在骚扰信可是屡见不鲜。”他慎重地选择着用词。与上次见面时相比，他明显紧张了起来。“要是报警的话，我觉得倒是先说说最初那件仓库人偶事件为好。”

“为什么？”

“因为，如果真的有人潜入你的工作室，做了那种恶作剧，就已经构成侵入住宅和器物损坏的罪行了吧？提出受害调查申请书的话，警察大概会采取相应措施吧？”

“对啊，没错，也许会的。可是……”

无论如何，我也不会喜欢警察那种样子。再说，就算我向警察咨询，他们肯定会一本正经地问东问西吧？要是严重到需要登门取证的地步，母亲自然就会知道那一连串的事件了。

“不过——”架场见我犹豫不决，接着说道，“在上了锁的仓库里居然还能发生那样的事，真是让人放心不下。那锁看上去很坚固啊。窗户也如你所说，无法出入。那钥匙真的不可能被人偷走吗？”

“是的。”我点点头，“这种事应该是谁都做不到的。”

“就算是令堂也……”

“啊？”

我感到有些意外，重新打量起架场来。

“这个嘛……怎么……”

难道他认为母亲有可能是“凶手”吗？

如果这个假设成立的话，有一件事就能轻而易举地被解开——那就是凶手是如何潜入正房的。如果母亲就是凶手，这就根本算不上问题了。

可是，她究竟……

“别误会，我并没有怀疑令堂。”毫无疑问，架场察觉到了我的惊慌，改用温和的口吻劝道，“只是，就我听到的情况而言，有些太不自然了。最可疑的是管理员夫妇吧？对于他们来说，有正房的备用钥匙不足为奇，对于房间的摆设也是一清二楚。可是，关于仓库钥匙的问题……”

架场沉吟片刻后，喝光了希早子帮他冲的咖啡。

“这就不好说了啊。总而言之，那个凶手用某种方法弄到了备用钥匙，好像只能这样想了。”

随后，他又把目光落到手旁的信上。

“在这封信里，‘回想’这个词重复出现了好几次。上次见面时，我似乎也问过你，有没有这方面的线索？”

被他一问，我犹豫了。我不知道该不该说出来，说出那个最近越来越让我在意的“记忆的痛楚”。我至今仍未确定那是否真的是自己的记忆。再说，即便果真如此，那也未必就是寄信人命令我“回想”的“罪过”。

不过，我还是决定说一说。虽然没有把握，但先将自己感觉到的情景如实相告总没有错。

“原来如此。这是记忆的片断吗？”架场喃喃自语着，轻轻仰靠在椅子上。然后，他将双手手指交叉在一起，开始了他那个用大拇指敲桌子边的习惯。“你知道那是多久之前的记忆吗？”

“我不是说了嘛，就连这是否是过去的记忆我都没有把握。只是有种感觉，觉得有可能和这个有关吧。”我用力咬了一下叼在嘴里的香烟过滤嘴，“不过，果真如此的话，我想那应该是相当遥远的过去，可能是从懂事起到上小学。”

“孩提时代的记忆啊。”架场闭上那双小眼睛，“刚才听你描述的片断中有个‘小孩’吧？飞龙君，那是你自己吗？”

“不清楚啊……我既觉得那个小孩是我，可又觉得有可能不是。”

“对了，我们回忆一下你说过的那些‘片断’，怎么样？”架场提议道，“首先，是‘风’、‘血红天空’、‘鲜红花朵’……这花开了很多吧？它们随风摇曳。”

“我觉得那些鲜红的花朵应该是彼岸花。”我说道。

（没错，我想，那些就是彼岸花。）

“彼岸花？这样啊。这也就是说，季节应该是秋天？秋季刮风的某日。血红的天空嘛，就是指傍晚吧？要说彼岸花开的地方，应该是田野、墓地，或是河滩？我说得对吗？”

“不知道。不过，我觉得不像田野或墓地。”

“哦。那接着说吧。然后就是‘两条黑色的线’、‘巨蟒’。我说，这一句相当抽象啊！怎么样，能想起什么更为具体的东西吗？”

我掐灭了烟头，立即又点燃了一支烟。

（两条，黑色的，线……）

（巨大的，蛇……）

对了！还有，还有像是地壳运动的沉闷声音。轰，轰隆……

（两条，黑色的……）

（犹如巨蟒……般……）

“铁轨。”一个词在无意识间溜出嘴。

“啊？你说什么？”

架场这么一问，连我自己都有点吃惊。“啊，也就是说那个——是我刚才突然想到的。所谓的‘两条黑色的线’，指的是不是铁轨呢？”

“铁轨？电车的铁轨吗？可不是嘛——那所谓‘蛇’呢？”

“……”

“你想不起来了吗？”片刻之后，架场点点头，说道，“你觉得那所谓的‘巨蟒’，会不会就是指在铁轨上行进的列车呢？”

“啊……”

（列车……）

这样说来，那犹如地壳运动般的声音，就是列车行驶的声音了？

“似乎就是这样吧。原来是铁轨和列车啊！那么，刚才说开着彼岸花的地方，也许就是铁轨沿线的草地之类的地方吧？”

“也许吧。”我缓缓地点点头，回想着心底里的景象。

（犹如巨蟒的……）

（巨蟒的……尸体……一般……）

（尸体？）

假设“蛇”就是列车的话，那么，那个“犹如尸体一般”的又是什么呢？

（……妈妈！）

小孩的喊声回荡在耳畔。

（……妈妈？）

（……妈妈你在哪儿？！）

（妈妈……妈……）

“啊！原来如此！”我再次无意识地喊出了声。

“怎么了？”架场问道。

“我似乎知道了什么。”我的视线聚焦在空气中的某个点上，说道，“列车脱轨了。”

“脱轨？”

“嗯，就在秋天。是了，我喊着母亲……”

“等一下，你说什么？列车脱轨之后，你妈妈怎么了？”

“我竟然忘记了，忘得一干二净。”我喃喃自语着，再度看向架场，“我跟你说过我生母因事故过世了吧？那是我六岁、上小学一年级时的秋天。那是一场……”

“列车脱轨事故？”

“没错，正是如此。”

（这么说来，那一天……）

突然，我记起了一件事。

那场事故发生在八月十六日，与送神火是同一日。

在“来梦”窗边随手拿来看的报纸上，记载着那篇弑童案的报道。如果没有记错，当时我的心里微微“动摇”了一下。

这么说来，登在那篇弑童案报道旁边的，不就是前一天在奈良发生的列车事故的报道吗？如此一来，或许那篇报道就成了“引发记忆”的诱因吧？

但即便如此，为什么它成为这段奇妙的“记忆的痛楚”而被我记起呢？而且，这件事为什么是我的“罪过”呢？

我觉得还有什么藏在心底。

这并不是全部，还有什么埋藏在心底。

证据就是，虽然我无法全部想起来，但在“痛楚”之中，我还隐约窥见其他的场景。

那究竟是什么呢？

我怅然地抽着烟，边抽边看向朋友。

“喂，架场君，好像还有……”

到嘴边的话戛然而止。架场目不转睛地凝视着我。当我察觉到他的眼睛——那双茶褐色眸子的那一瞬间，突然，我又在头皮发麻的同时，为一种奇妙的失衡感所驱使。

……天空……

……血红天空……

……两个黑色的……

……长长延伸的……

……影子……

……水……

……流水……

……摇曳……

……君！

……君！

咣当！

响亮的一声。

我吓了一跳，回过神来。只见咖啡杯在我脚边摔得粉碎，不知道是不是被我的手碰落在地的。

“飞龙君，你怎么啦？”架场欠身说道，“没事儿吧？”

“对、对不起。”

“不要紧吧？”正在打字的希早子站起身，跑到我身旁，“你没有受伤吧？”

“对不起。”我慌忙拉开椅子，伸手去捡散落在地板上的碎片。

“啊，我来收拾吧。”说着，希早子走到操作台的橱柜旁，取出扫帚簸箕，又跑回来。

“给、给你添麻烦了。”我感到脸颊发烫。

她的发丝掠过鼻尖时，我闻到一丝淡淡的甜酸味儿——与我在送神火之夜闻到的香味一模一样。

——2

** 屏息静听。

窗外不断传来单调的雨声。昏暗的家中一片寂静，所有人都睡下了。

蹑手蹑脚地走向目标房间。

(首先……)

悄无声息地拉开门。透过拉开的门缝，窥视室内的情形。黑暗中勾勒出灰白色被褥的轮廓，其中传来女人匀称的呼吸声。被炉上随意摆着酒壶和酒盅，散发出烟酒的气味。

(首先……)

偷偷溜到放置煤油炉的地方。在保持安静的前提下，将手搭到煤油炉上。接着……

从里面取出油箱，倾斜过来。

液体四溢，散发出煤油的味道。油箱放回煤油炉后，将煤油炉轻轻地放倒。

不知喝了多少酒，女人睡得很熟，不用担心她会突然苏醒。

拿起放在被炉上的打火机，点着了火。

看着被小簇火焰映照在拉门上的自己的影子，** 无声地笑了。

(首先，必须干掉母亲。)

6

十一月十六日，星期一。凌晨三点半左右。

睡梦之中，我听到异样的声音。

起初，那声音很微弱。意识自睡眠深处渐渐浮出，那声音因此逐渐变大。

异样的声音……好像有什么东西沙沙作响，咆哮怒吼，横冲直撞。

(这是……)

在苏醒的一瞬间，我察觉出情况有异。

(什么？)

光线随那声音摇曳跳动。

房间的天花板和墙壁上，都晃动着橙黄色的光。

那是自外廊透过窗帘照射进来的光。既不是灯光，也不是星光和月光。

与此同时，我闻到一股刺鼻的臭气。

是异臭。糊臭味。什么东西燃烧的气味。

我从被褥中一跃而起。

天很冷。我下意识披上了放在枕边的长袍，旋即跑到通往隔壁起居室的拉门前，猛地拉开了门。

摇曳的火光。强烈的异臭。拉门缝隙中呼呼冒出的浑浊气体。

（火？！）

（着火了！）

（妈妈！）

我用手掩住口鼻，穿过那间起居室，又拉开通向下一个房间的拉门。

“哇！”我大喊一声，随即倒退了几步。

火焰在房间的右侧——即与母亲的寝室仅一门之隔的那侧——熊熊燃烧着。赤红火舌仿佛化身为有意识的生物般，一边沿着墙壁一直烧到天花板，一边吐出滚滚浓烟。

“妈妈！”我大声喊道。浓烟侵入口中，呛得我透不过气来。

火势越来越猛，渐渐烧了过来。未曾体验过的热浪朝呆立在原地的我奔袭而来。

我转身跑回起居室，又自外廊飞奔至内庭。

这时，母亲的寝室——成L状弯曲的正房南拐角部分——已经被火焰包围。

飘落小雨的深夜，恣意蹿升的黑红色火焰将夜空尽染。

木料噼啪爆裂的声音。建筑物嘎吱作响的声音。打着旋儿冒出的浓烟。

我看到放在外廊上、没有下半身的那个模特儿人偶。“她”被火焰吞噬，不一会儿就被烤化了。

“妈妈！”我声嘶力竭地呼喊着，边喊边向那里奔去。

但是——

房子的一角突然塌下来。火势猛烈，浓烟滚滚，我已经无法得知屋内的情况。

（不好了！）

我连连后退，束手无策地呆立在内庭。

（啊……）

火焰映入呆滞的眼底，我看到打着旋儿的烟雾裂成两半。接着，我透过紧闭的玻璃窗，似乎看到母亲的影子。这是幻觉吗？难道是幻觉吗？

（妈妈……）

不久——

我听到人们吵嚷的声音以及刺耳的警笛声。

第六章　十二月

1

母亲死了。

最终，那夜的火烧毁了正房三分之二——从玄关到起居室，直至我的寝室附近——的房屋。

多亏邻居及早通知消防队，也多亏自前一天傍晚起持续下着的小雨，才能将损失控制在这个程度。否则，岂止是这幢古老的木质建筑，就连洋房也难以幸免。

然而——

母亲沙和子却没能获救。

我被迫要去辨认自废墟中挖出的尸体。因受热而走形的样子实在惨不忍睹，较之没有生命的躯壳，那看上去更像是某种被废弃的艺术品。

葬礼结束。不知不觉间，两周过去了。

进进出出的警察。相机的闪光灯。调查取证。记者的采访。仓促的葬礼。

有几位亲友听闻噩耗赶来吊唁。虽是亲戚，但没有一个是飞龙家的近亲，几乎全是池尾父亲的亲戚——即与我无直接血缘关系的人。而且，我似乎在吊唁人群中见到了关照过母亲的律师。

家里惨遭走水，又目睹了母亲的尸体。经历这些之后，我的心似乎也被那夜的火舌焚毁，完全处于茫然的状态。不要说回忆火灾的起因，就连母亲已逝的现实我也无法接受，自然，我也没有余力和前来吊唁的人一一寒暄。我仿佛隔着一扇半透明的玻璃窗，用空洞的眼神眺望着葬礼的风景。

我暂时搬到“2-B”——洋馆二楼的空闲房间——居住。有人提议重建烧毁的正房，但我现在无法考虑这件事。

出乎意料的是，这场火灾以“事故”简单结了案。

现场取证的结果认为，起火之处就是母亲就寝之处。那个房间的煤油炉倒在地上，由此猜测火灾起因是火星或是别的什么溅到煤油上。

也有人认为这不是事故，而是母亲故意点火——即“自杀”，但这一观点因母亲没有自杀动机而被否定。

一入腊月，每日登门的刑警不见了踪影，家里又恢复了往日的寂静。我整日躲在没有被火灾波及的工作室里虚度时光。一日三餐与更衣洗濯等事务全部交由水尻夫人料理。

母亲的的确确离我而去了。

于是——

那位抚育我二十八年的女性故去了，在我心底某处渐渐涌起悲恸之情。我以冷静的目光审视发生的事件，我非常确信的一点是：她是被杀害的。

母亲怕冷，每晚必定点燃煤油炉，待房间变暖后再休息。她习惯睡前喝点酒，当时大概也抽了烟吧？我想，正因为有我的这些证词，警方才会将失火原因归咎于她的不慎吧？

但是，这种结论我无论如何都无法认同。当然，无论多么谨慎，还是会有疏漏，可是……

我之所以这样考虑，大致说来基于以下两点理由：

其一，母亲的性格。虽然她在很多地方十分散漫，但一直非常谨慎地用火。我曾听她亲口说过，那是因为在她小时候家里发生过一次小火灾，所以才……因此，我不大相信她的房间会失火。

其二，起火的时间。起火时间被推定为凌晨三点左右，而母亲就寝时间大致是在十二点至一点这一时间段内。即使火灾的起因是醉酒的母亲疏忽大意所致，那么凌晨三点这一时间不是太晚了吗？在这一时刻，她应该早就入睡了。

也许她点着炉子睡着了，因而发生了什么事故；或是躺着抽烟的她并未察觉自己弄倒了煤油炉，不知道煤油溢出。

我无法断言不会发生这种事，可是，我对官方的这些解释总是无法释怀。

如果这场火灾不是"事故"的话，那又是什么呢？

接下来，我要推敲的是"自杀"这一观点。她因某种动机，施行了冲动性自杀，将煤油洒在房间里，点火烧死了自己。

这绝对不可能。

因为，母亲不会丢下我而自杀，何况还是用自焚这种方法。

那一晚，若是我迟些醒来，或者是火势更猛烈一些的话，很有可能也会葬身火海。母亲不会选择那种稍有差池便会累及我的自杀方法。

无论用什么样的方法，她都希望我——亲生儿子的"替身"可以保全性命。她没有要求我做个"普普通通的儿子"，从未逼迫我成家立业，也不求三代同堂。我几乎可以断言，她只求我陪伴左右，此生足矣。每天能见到我这个“替身”，恐怕是母亲唯一的希望。因此——

因此，她绝对不可能“自杀”。

既非事故，也非自杀。于是，仅剩下一种可能性——没错，她是被害死的。

火灾的起因是“纵火”，有人趁母亲熟睡之时，在她的寝室中放了火。

警方搜查时，无疑也研究了“纵火”一说。我想，这一观点会被轻易舍弃，大概是因为查证结果显示起火处在屋子里面。

但是，我清楚，这不能成为否定这一观点的决定性因素。

今秋以来，在我身边发生来了无数可疑的事情。例如，那封不明寄信人的信。

某人潜入家中，在母亲的寝室中纵火，这完全是有可能的。实际上，他（她）可能早已潜进正房里，进而闯进本应无人能进的仓库之中。

在第二次“杀害人偶”之后，正房的玄关、后门、正房与洋房连接处的各扇门上，都被我装上了从外面打不开的内锁。因而，即使凶手配制了某扇门的钥匙，应该也无法轻而易举地潜入。

但是，如果意在“纵火”，情况就变得不同了。这是因为，反正凶手也是打算烧毁房子的，即使手脚不甚精细，也不会留下任何蛛丝马迹。只要随便敲破某扇窗子溜进来就可以了。

那么——

假设寄出那封信的人就是凶手，那么，这究竟意味着什么呢？

那句“近日内定为你松松筋骨”，应该是向我发出的“预告”。

可他却绕开了我，反而在母亲的寝室内纵火。

难道他期待我惨遭波及，葬身火海吗？还是他本就预谋杀害母亲？

我情不自禁地叹了口气——憋得发慌的无力叹息。

无所谓了。

事到如今，已经无所谓了。

即使如我所想，母亲是被人谋害，可现在又能如何？即使我把这一推论告知警察，凶手被捕，依旧无法改变母亲已死这一事实。

人自出生之时起，便已步入死亡的倒计时，我无意憎恨对别人无缘无故（为了折磨我吗？）执行死刑的人。

同样，我觉得现在自己何去何从，也已经无所谓了。

即使他下一次要加害的是我，也随他去吧。

至今，我依旧不清楚自己有什么“罪过”。如果母亲沙和子的“眼睛”就是连接我与这个现实世界的锁链，那么，现在母亲已逝，我不觉得死亡有多么可怕。

已经……无所谓了。

也许是母亲亡故对我造成的打击太大，致使我陷入了无可救药的自暴自弃中。

我那消沉透顶的心，就好像涂抹着毫无层次可言的灰色画布一般。只有当道泽早希子身着丧服、与架场一起吊唁烧香时，我才感到些许安慰。

我束手无策。

——1

深夜。房间内。

坐在冰冷的椅子上，沉浸在令人窒息的寂静中。

事情出乎意料地顺利，这令 ** 很满意。原本还担心警察起疑，但他们却没有怀疑失火的原因。

必须先除掉母亲。

为此，那晚 ** 放了火。

当然，那个男人也有可能受到牵连。

（……接下来……）

（接下来非做不可的事情是……）

** 拿起了笔。

2

十二月九日，星期三。今冬第一次出现积雪。

现在，我住在绿影庄的“2-B”房间。它位于二楼的中央，是一个西式套间，靠着大厅的房间附带面向前院的阳台。

这里长期无人居住，但是依旧保留着床、衣橱以及书桌等家具。衣物、被褥和餐具已被付之一炬，多亏水尻夫妇帮我购置了新的。善后工作告一段落，我总算恢复了正常生活。

从前一天晚上开始，我总觉得身体不大舒服，头昏脑涨，各处关节隐隐作痛，吸烟时吐出的烟雾竟也和平时不一样——气味刺鼻得要命。

我以为要感冒了，于是早早睡下。果然不出所料，早晨一起床，我就觉得症状恶化了。

过了一会儿，我才发觉外面的情形。我体力不支地躺在床上（这张床置于南侧的房间），躺了几分钟后——

窗外传来孩子的声音。还都没有到上学的年龄吧，我听到“雪哟”、“下雪啦”这样的只言片语。

我慢吞吞地爬起来，向窗边走去。

那是通向阳台的法式窗。一打开窗帘，整个房间充满了阳光。我伸出手，擦拭着玻璃上的雾气。

每家的屋顶、道路、电线杆、前院那些叶片凋零的树木……远山近水，银装素裹。我不知道雪积了多厚，至少对我而言，这已经是很久未见的大雪了。

几个小孩在屋前的道路上玩耍。白色的积雪中，艳丽的红色和蓝色欢蹦乱跳。

令人眩晕的光景。不知道为什么，比起雪的白色，这些孩子的喧闹声更令人目眩。我用手指按住了有些发烫的眼皮。

孩子们攥着雪球，一面互相喊着名字，一面四处乱跑着。欢笑声震荡着被冻结的空气。

……轰！

突然，遥远的记忆中的声音重叠着孩子们的欢笑声，响彻耳畔。难道，这是心理作用吗？

……轰！

在感到眩晕的同时，一股强烈的恶寒爬上脊背。我咽了咽唾液，只觉喉咙一阵剧痛。

我只能回到床上。

结果，我不得不在床上度过了整整一天。

无法熟睡，病恹恹地醒来。在这个循环往复的过程中，我不知不觉地思考起各种各样的事情。尽管我发了烧，记得并不是很清楚，但那大致是对过去种种的思考（似乎也不能称之为“忧思”）。

傍晚六点左右，水尻夫人给我端来了晚饭。

敲门声和呼唤我名字的声音使我从半梦半醒中醒来。我来到北侧的起居室，打开连通走廊的门。（寝室与走廊之间也有一扇门，但已经被封死了。）

“怎么样？有食欲吗？”身穿白色围裙的老妇人担心地问道。

“没什么食欲……今天也没有胃口。”我虚弱地摇了摇头。

“哪怕只吃一点也好，要不对身体不好的。”她边说边进了屋，将盛放食物的大托盘放在桌子上。

“我把药放在这儿，得按时吃。”

“好。”

“还有封信，从这边的信箱里拿到的。”

她从围裙口袋里掏出一封白色的信，递给了我。

（信……）

那是普通的标准信封。但是，当我看到信封上的字迹——那仿佛蚯蚓蠕动般、歪歪扭扭的字迹时，我想自己一定绷紧了脸吧？

“你还好吧？”水尻夫人错解了我的反应。她看着我，很是担心，“还是去趟医院比较好吧？”

“不用了。”我摇了摇头说道，“没事儿的，我想我只是感冒罢了。”

“真的不要紧吗？”

“嗯。”

“你要是想吃什么，请开口吩咐，半夜里叫醒我也没关系。”

你母亲的死，也是你的罪过。

你母亲因你而死。

你受尽煎熬吧！

煎熬吧！然后，再好好回想回想吧！

信封上的邮戳是昨天的，投递邮局依旧是“左京”，里面的信笺也和上次的一样。信笺上用黑色签字笔写下了歪七扭八的字。

我坐在起居室的沙发上，读完那封信。强烈的寒战使得我内心深处一阵颤抖。

直觉告诉我，该来的终归要来。

那场火灾后的一个月里，“他”并没有采取任何行动。这反而让我觉得奇怪。

“你母亲的死，也是你的罪过。”

果然如此。母亲真的是被害死的。

我拿起扔在桌子上的烟，叼在嘴里，拿着打火机的手抖个不停。

“你母亲因你而死。”

为什么？

“你受尽煎熬吧！”

他想提醒我吗？

“煎熬吧！然后，好好回想回想吧！”

他又要我“回想”。

回想我的“罪过”吗？还是我的“丑恶”？抑或二十八年前导致生母实和子的亡故？还是……

头一阵剧痛。吸入的烟刺激着肿胀的喉咙，呛得我流下了眼泪。

啊……耳边传来不知隐匿在何处的冷酷窃笑。

3

那晚八点左右，架场久茂打来电话。他打到了大厅里的电话上，是水尻夫人替我转接过来的。

“怎么样？别来无恙？”他安慰般地问道，“本想早点儿跟你联系的，但又是学会会议又是其他什么的，忙得四脚朝天。刚才的大婶就是那个管理员的夫人吗？她说你因感冒卧床不起，你还好吧？我跟她说，你要是实在不舒服，不必勉强来接电话。”

“啊，我不要紧。”虽然这样回答，但大厅内渐渐转凉的空气真够我受的。

“帮不上你什么忙，真对不起。”

“不不，哪里的话。”

“等你心情好了，再来研究室玩啊。道泽君——就是上次的那个女孩，她也很想见你。我不是跟她介绍过，说你是画家吗？她相当感兴趣呢，似乎想跟你聊聊绘画什么的。”

这应该是他关心我的方式吧？我很感激他的关心，但眼下却提不起精神来。

我说想再独自待一段时间。

听我这样一说，架场停顿了片刻，说道：“虽然有些老生常谈，不过我还是要说，你可不要钻牛角尖啊！整天闷在家里也不好。也许你觉得我多管闲事……”

“我可没有那么想。总之，谢谢你。”

“需要的话，尽管随时和我商量。”

当时，真想什么都跟他说了。

关于那起火灾，关于母亲的死，我的疑虑，还有刚才收到的那封信。

说起来，我记得架场曾经提过，他有个在京都府警察本部当刑警的朋友。我也想过把这里发生的一切都告诉架场，请他委托那个刑警进行调查。

也许架场也隐隐察觉出这次的火灾与上次说的事有关。他问了一些问题，诸如有没有什么可疑的地方，收到那封信以后还发生过什么事儿，等等，但是——

“没，并没有发生什么。”最后，我都用暧昧的口吻予以否定。

“总而言之，等你心情好些咱们再见面吧。去来梦也行，我登门拜访也行。”

我依旧暧昧地作答，然后挂断了电话。放下听筒的回声仿佛穿透了高高的天花板，寒气更加强烈地渗入身体。

我一面把披在睡衣外的长袍前襟合拢起来，一面步履蹒跚地回到二楼。

在围着大厅的走廊上铺着苔灰色地毯，在上面一走，地板就和着脚步声吱吱作响。大概因为是老房子吧，无论怎样，这声音都消除不掉。

没有左臂的那个模特儿人偶依然站在老地方。发生火灾的夜晚，她透过窗户，目不转睛地凝视着包围正房的火焰。

我从模特儿人偶面前走过时，背后传来开门的声音。

“飞龙君，你来得正好！”

住在“2-A”的辻井雪人叫住了我——他正准备去打工吗？

“听我啰唆几句，好吗？”

虽然不知道他有什么事，但是我希望他能改日再谈。我想以发着烧为托词，可辻井已经毫不客气地走到我身旁，说道：“其实，我想换个房间。在这种时候，还要提这种要求，对不住你啦。不过要是可以的话，我想换到二楼那边顶头的“2－C”，反正那是间空房。”

“为什么又要换房呢？”我问道。

辻井听我这么问，立即愤愤不已地答道：“是创作环境的问题。说出来实在是对不住你，可是自打火灾之后你搬过来，我就不得安生了。你自己姑且不说，下面的管理员要去你那儿忙东忙西吧？这儿的地板本来就吱吱作响，那个老太婆一来更是响个没完，没有比这里更吵人的了。真是的，一点儿都不体贴。你也是艺术家，能理解我吧？这种对别人来说可以满不在乎的声音，多么妨碍我的工作啊！但是，她是为了照料你才走来走去的，也不能不让她来吧？所以只能换房间了。那个房间离楼梯远些，而且和这边并不相连。那下面住的是木津川，总不至于会像现在这样吵得要命吧？”

木津川伸造住的“1－D”以及上面的“2－C”位于洋房的北端，均采用不规范的布局，各自都有除公寓正门外的其他入口。正如辻井所说的，是“和这边并不相连”。一楼也好二楼也罢，建筑物这一侧走廊上均设有一扇门，平时这道门都上着锁，根本不会打开。

“所以，你肯让我搬过去吧？”辻井像是已经谈妥了似的问道，“房租照旧没问题，我自己打扫，不必操心。”

他那一厢情愿的态度有点惹我生气。以工作为由来表达不满，可这个夏天以来，他取得什么成果了吗？

不过，那反正也是间空房，没有理由回绝他的要求。关于房租的问题，对我来说也是无所谓的事。

我只是回答他说，随你便吧，具体的事情请你与水尻夫妇商量。之后，我便匆匆忙忙回到屋里。

4

翌日下午，症状才稍稍好了一些，又过了三天，我的身体才彻底康复。

十二月十三日，星期日，下午三点。我慢吞吞地起了床，出门走走。

沿前院的小路向北，沿建筑物转了一个弯儿，右边的墙壁上出现了一扇门。这就是“2－C”的入口。在洋房改建成公寓之前，这里似乎一直被用作后门。

搬到这里时，水尻老人曾领着我进去看了看。门内是通向二楼的楼梯。我记得一楼楼梯旁放着个架子，像是用来堵住通向走廊的门。

辻井雪人在第三天就搬进了“2－C”。

再往前走几步，又看见一扇门。这是木津川住的“1－D”的入口。

小路一下子变窄，绕过建在正面的仓库，向正房方向延伸过去。我沿着白墙与山茶花树篱间那条荒芜的石子路，慢吞吞地走着。

不久，我走出了废墟。

在开阔的视野里，残存着一个月前火焰肆虐的“爪痕”。

凄惨的残骸。烧落下来的焦黑的瓦片上满是积尘，堆在用木桩和绳索草草围起来的地面上。碎玻璃散布满地。几根烧剩的柱子。倒在坍塌墙壁上的水管。被火焰烤焦的树干和叶子。

目前，我无意重建正房，只是处理了一下仓库入口处的甬道与通向洋馆的走廊交界处。但是，也不能总是这样放置不管。似乎已经有邻居到水尻夫妻那里诉苦了，说什么孩子进去玩儿会有危险，得赶快想想办法之类。所以，正房一侧的门上了锁，无法随意进出。

我向前面那荒凉的里院望去，更加缓慢地挪动着脚步。道路穿过一片小树林，与正门口的踏脚石相接。

我发现自行车倒在废墟中，车身及控制装置的钢管已经弯曲，被烧化的坐垫露出了弹簧。我长长地叹了一口气，脑海里闪出母亲那被烧焦的尸体。

靠近锁着的门，我下意识地瞧了一下信箱，里面自然空空如也。现在，寄给我的邮件都送到绿影庄那边了。

但是，就在此时——

我无意中向下看去，余光瞥到了一个东西。

（嗯？）

灰色的门柱旁的枯黄杂草中，露出一样白色的东西。

（这是……信封？）

我弯腰把它捡了起来。果然不出所料，那是一个白色的——虽说是白色，但已经相当脏了——信封。或许从信箱里掉下来的吧？信似乎一直在草丛间，从未被我和母亲发觉。

信封上写着“飞龙想一先生收”的字样。

这是写给我的信，只不过，收信地址是先前我在静冈市的地址，已经被红色圆珠笔划掉了，旁边重新写下现在这个家的地址。这封信似乎被邮局从静冈转送过来。

看上去，这信封在杂草中饱受风吹雨打，满是污泥。信封正面的字迹被水洇得很厉害。

当我看到写在白色信封背面的寄信人名字时，稍稍有些震惊。

那上面写着“大分县O市……门牌五号，岛田洁”。街道名字洇得厉害，根本看不清楚。

（岛田前辈……）

这个名字令人怀念。

出院。搬家。与架场重逢。而后，母亲沙和子亡故。身陷诸多事端，我几乎忘记了这个名字。

我立即拆开了信封。幸好里面信笺上的字没被弄脏。

(前略)

前几日，鄙人收到令堂来信。信上说您已经顺利出院，所幸身体已无大碍。

鄙人欲亲往祝贺病愈，无奈俗事纠缠，无法脱身。在此略表慰问之情，望请见谅。

实指青春永驻，然至今年五月间鄙人已三十有八。自二十二岁与您相识以来，将近一十六载。如古人所云，时光犹如白驹过隙。

鄙人至今仍未打算成家，亦无固定工作。也许迟早会继承父业看管寺院，但家父精神矍铄，尚无退职之愿。若是抱怨，似乎会遭天谴吧？

于是，鄙人这个不孝子一如既往东奔西走，不务正业，以致落人话柄。尽管“好奇心旺盛”这类冠冕堂皇的话听起来还算不错，但实则难改爱凑热闹的顽劣本性。不过，上岁数的人多少都有些自制力吧？

今年四月，鄙人因意外再次被牵连进一桩意想不到的案件之中。那桩杀人案就发生在位于丹后半岛的T**村之畔，一家名为“迷宫馆”的老宅中。此事亦被媒体传得沸沸扬扬，因此，也许您已经通过某些途径得知此事。

不幸的是，近两三年间，鄙人造访的各处均发生类似案件。

如蒙死神眷顾般……不，并非如此，鄙人亦半信半疑作如是想：蒙死神眷顾的并非鄙人，而是假某建筑师之手所建的“馆”。

您可曾记得去年秋季，鄙人前来探病之时所云种种吗？

关于那位古怪的建筑师——中村青司。他曾于全国各地建造风格奇特的建筑物。随后，那些“馆”内接连发生了案件。

那时，鄙人刚刚从冈山的“水车馆”中脱身，很是兴奋了一阵。况且入院病人禁止读书，日子过得无聊至极；您亦认识藤沼一成及其独子藤沼纪一。因此，鄙人才会于不知不觉中，不分场合地喋喋不休。

同为艺术家的您似乎也对那位中村青司的“杰作”颇感兴趣。这就是所谓的“英雄相惜”吧？

话说回来，您最近开始作画了吗？

请您忘却不快，继续创作。自学生时代起，鄙人就钟情于您的画作。尽管对美术一窍不通，但鄙人的确能从您的画作中感受到独特魅力。您的画作一如鄙人于水车馆内亲眼所见的、画师藤沼一成先生的幻想画般，具有某种不可思议的魅力。

连篇累牍，奉书如上。近期定当亲自拜访。

如有所需，请您立刻联系鄙人，无须多虑。鄙人乐于为您出谋划策。

就此搁笔。

请代我向令堂问候。

匆忙之中，字迹潦草，望请见谅。

一九八七年六月三十日（星期二）

岛田洁致飞龙想一先生

5

傍晚，我去了来梦。

寒风吹落了路旁树木的叶子，吹得树枝瑟瑟发抖。寒空依旧阴沉，好像就要飘下雪来一般。与这阴沉的景象恰恰相反，即将到来的圣诞节使得这条街热闹非凡。到处都是用五彩缎带打扮的冷杉，圣诞歌曲随处可闻。

带着孩子的父母，骑着自行车的主妇或学生，年轻的情侣……或许是我神经过敏吧，总觉得街上的行人看起来都匆匆忙忙的。我竖着大衣领子，双手插在口袋里，只盯着脚下的路。

我毫不关心街上的景象。阔别一个月的来梦依然冷冷清清，靠里的桌子上只坐着一个身穿黑色皮夹克的年轻人。

“欢迎光临。”老板的声音如旧。

“来杯咖啡。”我只说了这句话，在窗边老地方坐了下来。

老板是架场的朋友，因此，他也听说了我家的不幸吧？但是，他端来咖啡时却只字未提，只是说了几句“好久不见”、“天气变冷啦”。对此，我由衷感激。

店内难得地播放起日文歌曲。我浅啜一口苦涩的黑咖啡，静静地闭上了眼睛。

大脑一片空白。感冒似乎已经痊愈，但从另一个角度来说，我深知自己已经快被掏空了。

一如既往　人山人海
每张脸上都绽放开心的笑容
可是　为什么

为什么　这座城市

一如既往　这般冷清

无意中，我听到这样的歌词。声音沙哑的女歌手。旋律之中带有一种意外的透明感。

城市冷清吗？没错，城市永远是冷清的。不仅冷清，有时，城市简直等同于无穷的恐怖。

突然，这种想法不断地从内心深处涌出来。

这个世上充斥着无数视线。

无数局外者投过来的无数目光——任何时候，任何地点，那些目光都与我形影不离。我想象着，在那些视线之中，包含着嘲笑、蔑视、敌意等情感。

人山人海，堵塞喧嚣……城市的混乱和拥挤总在诱惑我走向无底的黑暗。其中也有爱意吧？但毫无疑问，恨意更浓。它们错综复杂，纠缠不清，汇为暗黑之湖。

“飞龙先生，你好。”

突然，有人向我打招呼。我不由得睁开双眼。

“你好，还记得我吗？”

“你是……”我认出身穿灰绿色大衣、站在桌子旁的她时，吃了一惊，“你是……道泽小姐吧？”

“好记性！真是巧啊。”道泽希早子歪着脑袋看着我，“我可以坐在这儿吗？”

“当然可以，请坐。”

希早子脱了大衣，在我对面的座位上坐了下来。尽管天气寒冷，她还是要了一杯冰红茶。

“那个……葬礼的时候，多谢了。”我紧张得连自己都觉得难为情，“你来上过香了吧？”

“是呀。明明只见过你一次，却跑去上香，心里觉得怪怪的。”她里面穿着像是手织的浅蓝色对襟毛衣。那双圆圆的大眼睛目不转睛地盯着我。“不过，你不要紧吧？请你打起精神来，架场老师也很担心你。”

“他前些天打过电话了，叫我再去研究室玩，说老闷在家里不好。对了，你经常来这个店吗？还是偶尔路过这里？”

“今天可是星期日呀。”希早子笑了，“而且，我们大学早就已经放假了。”

“已经放寒假了吗？”

“正式放假是从二十号开始，但一到这会儿，老师们心照不宣，都停课了。”

“原来是这样。”

“每星期日我都在银阁寺附近的一间私塾打工。今天在回家的路上无意中看到了这个店，想起之前架场老师也提过。所以说，真是巧遇啊。”

“他还好吗？”

“老样子。你可以偷偷去研究室看看，三次有两次在打瞌睡。就这样，还自信满满地自称是社会学者，所以，做他的学生倒也轻松。说起来，他最近似乎干劲儿十足，说是年底准备去旅行。”

“旅行啊……去滑雪什么的吗？”

“怎么会！”她又笑了一下，继续说道，“你不觉得架场老师根本不适合滑雪吗？多半是去什么地方的温泉吧。”

她一笑，右边脸颊上就会出现小小的酒窝。那酒窝看起来好可爱。

我盯着她那可爱的酒窝，不禁有些不好意思。

“说起来，最近这一带好像出了一些吓人的事。”希早子将吸管插进刚端来的冰红茶里，“你看昨天的报纸了吗？据说左京区又有一个孩子惨遭杀害。”

“是吗？”我没看报纸，现在居住的房间里也没有放电视。所以，我没有机会得知此事。

“听说这次是在我们学校附近吉田山的树林中发现了尸体。那孩子还是被勒死的。”

“同一个凶手干的吗？”

“看起来像是同一个人干的。”

后来，我找出星期六的报纸看了看。报道称，被害人名为“掘井良彦”，男孩，小学二年级，从七号星期一的傍晚起就失踪了。据悉他是被绳状的凶器勒死的。

“如果我没有记错的话，第二起案件发生在九月下旬吧？曾轰动一时，说是连续杀人案。因此，大家都很警觉，凶手很可能无法再次下手。可是……”希早子有点生气似的鼓着腮帮子继续说道，“架场老师说自己是搞‘脱节的社会学’，专门研究这方面的犯罪，好像对此很感兴趣，可也只是些胡乱分析。飞龙先生，你是怎么想的呢？”

“我的想法吗？”

“你怎么看犯下这起案子的凶手？我完全不明白凶手在想什么，竟然喜欢杀害无辜的孩子，真是好变态！”

“确实是很残忍。”

“倘若我是被害人的母亲，绝对要亲手抓住凶手，然后宰了这个浑蛋！”

我不由得把自己现在的处境与“杀人”这样的词语重叠在一起，

情不自禁地低下头去。

“啊，真对不起。”希早子察觉出我的异样神情后，抱歉地说道，“说这么沉重的话题。”

随后，她话题一转，天南海北地聊了起来。我觉得她很同情我，才费尽心思想要鼓励我吧？我和她聊了起来，渐渐地，我被她营造出的氛围吸引住了。

我们聊起大学生活，谈到自己的故乡（她与我和架场都出身于静冈），还从私塾里的孩子聊到店里播放的音乐。

我心情愉悦地倾听着，眯着双眼凝望她的笑颜，时而随声附和，时而提些问题，刚才还笼罩在心中的阴霾渐渐散去。

我不是最害怕和希早子这样的年轻女孩聊天吗？我觉得非常奇怪，也很吃惊。

我以最近——不，似乎是几年内——都未曾有过的平静心情，享受着与她的交谈。这样的我，连自己都觉得非常陌生。

6

走出来梦的时候，已经过了七点。也就是说，我与希早子东拉西扯地聊了近两个小时。

我刚意识到“好冷”，就发觉路上有点湿。白色的物体随着山那边刮来的凛冽寒风舞动着——下雪了。

希早子戴着手套，一双小巧的手相互搓着，忽然提出想欣赏我的画作。

“给你看倒也没什么。”我含混地应允道，“不过，等下次有机会再说，好吗？”

“为什么？”

“毕竟已经是晚上了。而且，刚才你不是也说最近这一带好像挺不安全的吗？”

“时间还早呀。”

“公寓有门禁吗？”

“我住的是学生公寓，没有门禁。而且，公寓就在飞龙先生家附近，才十分钟左右的路程。我们应该趁热打铁，对吧？”

“可是，去一个陌生男人的家里，不危险吗？”

“怎么会？飞龙先生，你才不是那种危险人物，对吧？”

“这我怎么知道。”

“你绝对不是那种人，跟你聊两句就会知道。虽然我这个人笨笨的，但直觉还算敏锐。”希早子信心十足地说着，同时用手掌接着落下来的雪花。

我望着她那天真烂漫的面容，说道：“不过，还是改日吧。”

我没有非将她拒之门外的理由，只是，说起来虽然有些夸大其词，但是我的确还没有做好邀请年轻女子到家里做客的准备。

“那，不许变卦。”她略感失望般地说道，“改天一定要给我看呀。”

我与希早子肩并肩地走在路上，听她讲着自己的故事。

听希早子说，她从小就喜欢画画，原本想考入美术大学，学习日本的传统绘画艺术。除了绘画之外，她其他科目的成绩也非常优秀。因此，她身边的人都认为，有这样的好成绩，只学画画太可惜了，何必上美大呢？

希早子的父母也不赞同她学习绘画。她的父亲是当地某银行的董事，非常讨厌女儿“热衷于艺术”。最后，她屈服于这些压力，考入 K** 大学文学部。

“至今我还时常后悔，觉得自己太没有主见了。”她感慨万千地说，“不过，我也没有什么自信，不认为自己有绘画天赋。”

“天赋之类的，只是模棱两可的说法罢了。”不知道为什么，我情不自禁地这样说道，“兴趣是最好的老师。我觉得这句话说得一点儿也没错。如果真心想画画，就算做着其他事，也能画出来。至于这样画出来的作品是好是坏——都是他人做出的判断。这种评价与画的本质完全是两码事。因此，只要对喜欢的事信心十足就行了。”

没想到，自己竟然能流利地说出这些话，尽管我认为这并不是自己该说的话。

“我觉得飞龙先生你的确很有绘画的天赋啊，连架场老师也这么评价过你呢。”

“有没有绘画天赋，也要等你看了我的画，才能下定论吧？”

“不不，不是那个意思……”

随后，她还提到了我的父亲飞龙高洋，似乎也是从架场那里听来的。

“也许我这么说，会让你感到不适。可说得直白些，无论父亲是个什么样的人，我都是个微不足道的人。”这是我的心里话，“我只是利用他的遗产做自己的事，是个到了这把年纪还游手好闲的男人。我至今还没有靠自己挣过一分钱。”

“钱？那才是两码事呢。”

“你是基于对艺术的信仰，才会这么认为吧？”

我自知这话说得太过火了，不由得深深陷入了自我厌恶之中。

7

那晚我与道泽希早子分开后，一回到屋里，就又重新读了一遍白天发现的信。

(岛田前辈……)

正如信上所写，我与他最后一次见面，是去年秋天。如果我没有记错的话，应该是九月末或十月初。他特意从九州来探望当时正在医院疗养的我。

岛田洁。

他是我大学时代的朋友。尽管如此，他并不与我同在M** 美术大学，而是在其他大学里攻读宗教学之类的专业。而我与他相识，则是因为我们的宿舍只有一墙之隔。他比我高三个年级。因此，与其说我们是朋友，倒不如说是学长与学弟的关系。在相识之初，我就觉得他是个很古怪的人。

他看起来并没有专心学习，但也不去四处游玩。他总是一副悠闲的样子，好奇心旺盛，酒量并不惊人，健谈且见识丰富，尤其精通推理小说、魔术以及超自然现象。即使聊起其他的话题，也会在不知不觉中转向他喜好的那些领域，我对此已经习以为常了。

我最初是抱着惶惶然的心态与他接触的，但不久我们俩就熟稔起来。我想，比起友情来，我对他的情感说“依赖”更为合适。

说真的，对我来说，大学时代在东京的独居生活非常寂寞。对着偌大的城市之中太多陌生人的目光，我的神经绷得很紧。而且，当时我的身体比现在还差，常常发烧，卧床不起。

这种时候，正是岛田前辈如亲人般为我出谋划策，还帮忙照料生病的我。不知何时开始，我对这个举止古怪的学长渐渐产生了依赖。

我觉得，自己倘若有个哥哥，一定就是这种感觉吧？

曾休学一年的他，毕业的时候似乎也比普通学生耗费了更多的时间。因此，在我结束四年的学业、动身离开东京时，岛田前辈也回到九州大分县的老家。虽然我们没有定期联系，但自那以后每年也会有几次书信往来，他也曾来静冈玩过几次。

（岛田前辈……）

一年前的秋天，他来探病。那时我们已有三年未见，他看上去与学生时代几乎没有什么变化。

他说自己是开车来的。当他戴着墨镜走进病房时，我觉得他好酷——修长的身材，和我一样瘦削的浅黑色脸庞，稍稍下垂凹陷的眼睛里充满了少年般的天真烂漫。

（……岛田前辈。）

写信的日期是六月三十日。也就是说，这封信在信箱下面的杂草丛中躺了大约半年。

我不知道母亲将我出院的消息告诉了他。不，说起来，我隐约记得在出院后不久搬到此处之前，她提过此事。可是，不知道为什么，我竟完全忘了告知岛田前辈自己的近况以及新的住址。

信的主要内容是将他的近况告知于我，我能感受到他的亲切和体贴。只是——

没错。只是与此同时，那上面记叙的内容让我的脑海中源源不断地涌现出不祥的回忆。那是——

鄙人亦半信半疑作如是想：蒙死神眷顾的并非鄙人，而是假某建筑师之手所建的“馆”。

那位建筑师——中村青司。

我回忆起岛田洁前来探病时，在病房里聊起的那些事。

那位名为“中村青司”的古怪建筑师，是岛田前辈一位朋友的哥哥。

前年秋天，在大分县被称作“角岛”的小岛上，在中村青司设计的宅邸内，发生了悲惨的事件。

半年后，同样建于角岛的奇妙建筑物——“十角馆”内发生了闻所未闻的连续杀人事件。凑巧，岛田前辈被卷入了那场事件中。

随后岛田略显兴奋地讲述了从九州到静冈的途中，被迫卷入的某个事件。

那起事件的舞台也是中村青司设计的奇特建筑物——“水车馆”。最令人吃惊的是，据说这建筑物的主人是藤沼纪一——就是画师藤沼一成的儿子。

当我告诉岛田，我的亲生父亲高洋与已故画师一成是至交时，岛田露出非常吃惊的表情。那个时候，他曾一本正经地说，他觉得建筑师中村青司留下的这些馆建筑，以及与这些建筑扯上关系的人(包括岛田自己)，都会陷入不幸之中。

建筑师，中村青司。

最近，我曾听到过这个名字。那是在两个月之前，在母亲的建议下，大家围在一起吃火锅的时候。

——你听说过中村青司吗？

没错。那是辻井雪人提起的话题。

——你觉得怎么样？如果这个被我称为“人偶馆”的建筑也是他的作品，你会觉得有意思吗？

——这里？是中村青司建造的吗？

——没错！我想过，这里也许真的和他有关。

那是醉意朦胧对话，自然会令我想起先前岛田洁的那番话。

诚如辻井所说，从高洋与藤沼纪一之间的关系不难推测出，父亲也认识中村青司。二十八年前祖父武永过世后，继承这个家的高洋随即进行了改建，并将这项工作托付给了青司——我想，这不是不可能的。

（如果真的是这样……）

如果是这样，那会怎样呢？

如岛田所说，中村青司设计的建筑“蒙死神眷顾”。倘若，其中之一就是这个家（人偶馆？）的话……

正是如此！

父亲高洋在这个家的庭院内上吊。母亲沙和子死于火灾。而今，更有针对我的来历不明的杀意。

啊，正是如此！

蒙死神眷顾的家——人偶馆。

（岛田前辈……）

我的视线再一次落在岛田洁的信上。用蓝色墨水书写的漂亮文字，不禁使得他那令人怀念的脸庞浮现在我的眼前。

（要是现在他在身边的话……）

我这样殷切地期望着。

8

翌日。十二月十四日，星期一下午。

我决定联系岛田洁。

不幸中之大幸，仓库并没有被火灾殃及。我打开抽屉，找出写有熟人的地址及电话号码的笔记本。我找到后马上拿着所有零钱，来到了大厅的粉色投币电话前。

我很少主动打电话联系别人，从很早以前就是如此。就算是要好的同学，如果没有特别重要的事，我也很少打电话过去。

这还是第一次打电话到岛田的家。我边确认记在笔记本上的号码，边用僵硬的手指拨着电话转盘。

谁会来接听这通电话呢？要是岛田本人就好了，如果是他的父母或兄弟姐妹这些素未谋面的人接了电话，那……

我抑制着自己的紧张心情。

“您好，我是岛田。”终于，电话那头传来嘶哑的男人声音。接听电话的并不是岛田洁。

“请、请问……”我的声音一定细若蚊蝇，“请问……洁学长在吗？”

“啥？你找谁？”

“呃……请洁学长听电话。”

“找阿洁啊。您是哪位？”

“我叫飞龙。”

“飞龙先生吗？啊，抱歉，阿洁现在不在家。”

“这样啊……那、那他什么时候回家？”

“天晓得。前些时候，阿洁说是去旅行一趟，然后那小子就像子弹似的出去野了，一出了门就不见回来。都三十好几的人了，也不知道脑子里都想些什么，成天游手好闲的！”对方发牢骚般地说道。

这是他的父亲吧？明明嗓音嘶哑，音量却震耳欲聋。

“对不起啦。你有什么急事吗？”

“没、没什么……那就算了。”我慌慌张张地答道，随即放下了听筒。

9

“明天傍晚，我能去你家玩儿吗？反正我又要去私塾打工，回来也是顺路。”道泽希早子打电话来这样说道。

那是十九日，星期六晚上。据说是架场把绿影庄的电话号码告诉了她。

“前阵子你不是说改天给我看你的画吗？你没有忘记吧？”她满不在乎地说道，“还是说，你明天有什么安排？”

我当然不会有什么安排，依然闷在家里打发时间。就算有打个照面或是聊上几句的人，至多是水尻夫妇或公寓的这些房客。

犹豫来犹豫去——其实根本没有必要犹豫——最后，我同意了，并约定在第二天傍晚六点在来梦碰头。

10

星期日晚上，希早子在我的带领下步入了绿影庄——不，我也如辻井那样，称之为“人偶馆”好了——不出所料，她也被放置在走廊角落的模特儿人偶吓得目瞪口呆。

“可怕吧？”十月末架场造访时，我记得自己也说了同样的话。

“家里其他地方也有……有这种……这种脸部扁平的人偶吗？”希早子问道，“晚上碰到它的时候，不会害怕吗？”

“起初是挺害怕的，不过，我很快就习惯了。房客们也不曾抱怨过什么。”

“这样啊。”她表情丰富地打量着人偶，“不知道从什么时候开始，架场老师也觉得这些人偶很奇怪，还说为什么这家的人偶不是没有脸，就是身体缺少了某个部分呢？飞龙先生，为什么呢？”

“这个……我也不是很清楚。”

而后，我们从没有上躯干的人偶面前走过。恰恰此时，迎面遇上了正好从“1−C”里走出来的仓谷诚。

“啊，对、对不起。晚上好。”

仓谷见我与一位年轻女子走在一起，不禁露出十分吃惊的表情。他好像看到了不该看的事情一样，稍稍将视线投向斜上方。

“晚上好！”

和他打过招呼后，我们与他擦肩而过。直至拐过顶头的拐角，我才对希早子说仓谷是 K** 大学的研究生。

“我刚才还想，他会不会是研究生呢。”希早子微微一笑，右边的脸颊上露出了酒窝，“我们大学的研究生，大多都给人这种感觉。”

即便如此，对我来说，这又是一个无法理解的问题：那到底是种什么样的“感觉”呢？

通向正房的门依旧上着锁。发生火灾的那晚，察觉到情况异常的我夺门而出。这扇门和仓库的钥匙能够安然无恙地保留下来，是因为它们被装在睡衣口袋里。

我们进入正房的走廊，向仓库走去。烧落塌陷的地方用白铁皮与胶合板封堵起来，看着就让人不舒服。

“这里就是当工作室用的仓库。”我边说边指了指大门。

希早子不时偷瞄站在甬道深处、幸免于难的无头人偶，神情诧异地点了点头。

即便从住在静冈那时算起，让母亲以外的女人进入自己的工作室，这恐怕是第一次。

昏暗空旷的房间。今晚，油画画具及灰尘的气味格外刺鼻。昨晚我匆忙收拾了一下，但这里依然杂乱无章。

“好冷啊！我这就把炉子点起来。”我的心情如同初次将女友邀请到家中的少年，迅速点燃了煤油炉，请希早子坐下。

“要喝点什么吗？”

“不用了，请不要费心了。”

她交叉着戴着手套的双手，走到工作室的中央，好奇地环视着四周。

“以前的画作不是在搬家时处理掉了，就是放进储藏室了。因此，这儿的画都是这半年来的作品。”我随着她的视线解释着。

大小不一的画布散落在各处。她是怎样看待画布上那些奇妙的——连我自己都认为有些“奇怪”——风景呢？又会对这些风景产生怎样的感受呢？

这应该是无关痛痒的问题吧？

近十年间，无论从哪种意义上来讲，我都从未向别人展示过自己的画，也没有这样的念头。

说起来，我的作品是对内心世界的展示。因而，别人如何看待我的画作，对我而言没有任何意义。

希早子不发一言，只是从各种距离及角度欣赏放置在屋子里的几幅画。不久，她用拘谨的声音问道：“画作有题词吗？”

“有的有。”我答道。

“在这儿的这些画呢？”

“这些画……我想想看。只有竖在书架旁的那幅大画上题过。”

“叫什么？”

“季节虫。”我皱着眉头回答道。

绿色的天空与藏青色的大地。茶褐色枯木。一个男人的头紧贴地面滚动着。那男人干巴巴的黄色面容上，是空洞漆黑的眼窝和丑陋扁平的鼻子，嘴里的牙齿也已经掉光。男人面对着头部开裂、露出大脑的胎儿。周围涌出大量红色的虫子。

希早子轻轻皱眉问道："'季节虫'是什么意思？"

"这个我就不解释了吧，随你怎么理解都行。"我边掏出烟边回答道。

"这样啊。不过，还真让我感到意外呀。"

"怎么说？"

"在我的想象中，你是个会用清淡的笔触作画的人，应该不怎么使用原色，而是用微妙的色彩。"

"这么说来，似乎过多地使用了强烈的色彩呀。"我事不关己般回答道，"你不喜欢这种画吗？"

"不，也不是不喜欢。不过，怎么说好呢，很多画都很可怕。你很喜欢达利吧？"

"和达利不太一样吧？"

"是吗？我不是什么行家，不过这种画都是凭想象画出的吗？"

"姑且就算是吧。当然，我也画过很多普通的风景、人物及静物，虽然那是很久以前的事了。比起凭空想象，这种画可能更接近心境吧。我不想给每张画冠以单纯的寓意。"

可怕的画——也许正是如此。

被倾斜的石塔尖端刺穿胸膛的男人。

被绑在玻璃十字架上的人面兽。

在高层建筑的夹缝间，被沥青吞噬的女人。

叼着失明婴儿的巨犬。

用空中垂下的绳索上吊的老人。

希早子将每幅画都专心致志地看了一遍。最终——

“这是……”她的目光停留在画架上的十五号画布上，“现在正在画的作品吗？”

“是的。”

“这个……难不成画的是——我要是说错了请你原谅——你曾对架场老师提起过的、你的遥远记忆吗？”

“没错，你知道得挺清楚的。”

那是从昨天起突然想到并动笔的。

一簇簇红色的彼岸花。秋风。血色天空。两道黑线。渐近的隆隆声。犹如巨蟒般的影子。流水。幼童。呼唤母亲的声音。

我设法将摇曳在心中某处的这些片段画出来。

尽管如此，这幅画仅仅用炭条勾勒出未成形的线条，甚至连整体构图也没有定下来。虽然我可以预测到大概会与二十八年前生母实和子遭遇的列车事故有关，但说实话，现在我还不知道自己会以怎样的笔触画出什么样的作品，也不知道要如何下笔。

希早子仅仅看了画布上连底稿都算不上的几道线条，就能立刻猜到与我的“记忆”有关。由此看来，她的洞察力真的非常敏锐。

“自那以后，我试着回忆了好多次，却无法回想出更多的事情。记忆太过遥远，根本想不起来。而且，我觉得那些形状各异的记忆碎片犹如拼图般无序。所以，我觉得想到哪儿画到哪儿就好了。”我对她倾诉着，突然想要一股脑儿全都告诉她。虽然连自己都不知道怎么会冒出这样的念头，但真的非常想这样做。

一个月前的火灾与母亲沙和子的死。那个来路不明的家伙寄来的第二封信。岛田洁告诉过我的有关中村青司的事情。中村青司与“人偶馆”的关系。

上个月我到架场的研究室时说的那些话，希早子或多或少应该听到一些。或是在那之后，架场又告诉了她更多的信息。

现在，她听了我这些话后，会有怎样的反应呢？会采取怎样的行动呢？对于这些问题，我并没有多作考虑。

我觉得她会建议我报警。只是，目前我依旧没有想要惊动警方的意思。

顺其自然吧。

这是我真实的想法。

听天由命就好。只是……

我并不关心今后会有怎样的灾祸降临。不过，我只是……

遥远记忆的痛楚。模糊暧昧的景色。

那是写信的人执拗地、不断地让我“好好回想回想”的——

我的“罪过”。我的“丑恶”。

我只是想尽快了结这个问题，即使命里注定会被“他”杀害也毫不在意。

第七章　一月（1）

1

从年末到年初，我的生活多少有了些变化。

我不再整日待在家中——傍晚依旧会去来梦，散步的频率也逐渐增高。我买了新的电视和录像机，将它们放在“2－B”北侧的起居室里。心情不错的时候，我还会去附近的录像带出租店转转。

第二封信寄来后，再没有了动静，可以说是处于暂时的“平稳时期”。

我觉得，盯上我的“那个人”，正在某处屏息静气地等待时机。

另外，在最近这段时间，我对“他”的感情也逐渐发生了一些变化。那种“已经无所谓了”、“听天由命吧”的心情开始动摇，恐惧感再度复活并日趋强烈。

为什么会这样呢？

一定是因为在我的生活里出现了新的羁绊，将我和这个世界再次联系起来。

道泽希早子。

没错。就是她。

我不得不承认，自己已经被她吸引。

但是，我并不认为这是人们通常说的恋情，而是被她举手投足间散发出的蓬勃朝气吸引住了。

我觉得只要和她在一起，光芒就会直抵我的内心深处。我因此获得了重生。

参观过我的工作室之后，希早子打过几次电话给我。出乎意料的是，她几乎不曾提及母亲的死与那封信，只是发表对画作的感想，或者仅仅是闲聊一阵。她还希望我可以让她看看那些被放进储藏室中的昔日画作。

年末——十二月二十七日——我和希早子去了冈崎的美术馆。她主动邀请我，说她的朋友给了两张入场券。

最初，我觉得非常不可思议。她抱有怎样的目的，才会与我这个年长她十来岁的男人接触呢？但我又觉得，无论怎样都好。

与她聊聊天、见见面，看到她的笑容，我就已经非常开心了。我不敢想象能与她发生情感，那会破坏我们交往的现状。

就这样——

随着来往的深入，我的恐惧心理越发强烈。毫无疑问，这种恐惧来自那股来路不明的杀意。

不过，我依旧不想找警察商量。我采取一系列措施来缓和心中的恐惧，诸如关好房间的门、尽量不在外面闲逛等。

过了年，希早子回老家了。据说到元月时，文学部就几乎没课了，因此她要在家里好好休息，直到下次大学统一测试时才回来。

我每天都要闷在仓库里好几小时，专心创作那幅探究记忆深处痛楚的画。

我拼命设法接近那忽隐忽现、过于久远的风景。但是，我也知道，过分逼迫自己会适得其反。正如我曾对希早子说的那样，顺其自然，努力尝试画出沉睡于心底的记忆碎片。

到了年初，这幅画几近完成。

那是——

拐了一个很大的弯儿、从远处延伸到眼前的黑色铁轨。秋日万里无云的蔚蓝天空。铁轨两侧的草地上成簇开放、随风摇曳的红色彼岸花。

近景中有一名蹲在铁轨旁的孩子，白衬衣，绿色短裤，平头。那孩子低着头，看不到他的脸。在几乎“脱离”画面的远处，列车那道长长的黑影隐约可见，在铁轨之上奔驰而来。

接下来会发生什么，我心知肚明。

“巨蟒尸体般”——脱轨倾覆的黑色列车。

“妈妈……妈妈呢？”——呼唤着母亲的孩子。（那是我吗？）

没错。我画下的正是二十八年前发生的那起列车事故。

生母实和子在那场事故中丢了性命。除了母亲，还有大量死伤者。

如果写信的人逼着要我“好好回想回想”的就是这个，那是不是可以认为，在九月底发生的第一桩模特儿人偶“遇害”事件，暗示了死于事故的实和子呢？那么，第二次发生的人偶事件，是不是代表了那起事故中的众多伤亡者呢？

我觉得，其他事件也可以作出同样的解释。

信箱里的玻璃碎片暗示了事故中破碎的车窗。

自行车的故障暗示了列车的倾覆。

野猫的残骸呢？那只死猫被压烂了头。被压烂的头……那是——那不就是母亲实和子的死法吗？！

没错，我想起来了。她从座位上摔了出去，因头部受到猛烈撞击而死去。我记得听谁这样说过。

但是——

无论如何我也不明白，这些怎么会成了我的“罪过”呢？

（为什么？）

我望着放在画架上的画。

（为什么这幅画……）

蹲在铁轨旁的孩子——这是我吗？如果是我的话，那我在那里做（或是做过）什么呢？

不清楚的不仅是这一点。

在我内心深处的“记忆碎片”中，尚且残留几处未画出的部分。

比如那“血红的天空”。

这幅画中的天空并非“血”色，把天空抹红时，不知怎么突然涌出一种不对劲的感觉。

还有，那“两道黑线”以及“流水”。

我总觉得那两道长长伸展的影子，并不是表示铁轨的“两道黑线”。而在这幅画中，没有了画下“流水”的空间。

……君！

我不是对希早子说过吗——

我觉得那些形状各异的记忆碎片，犹如拼图般纷繁芜杂。

形状不同的记忆碎片。

……君！

形状不同……

我想再去找架场，和他商量商量。最近他没有跟我联系，但是应该从希早子那里知道我的近况吧？

一直没去找他，是因为我有一种即使商量也无济于事的绝望心情。我觉得架场靠不住。

（岛田前辈……）

因此，大学时代朋友的容貌浮上心头。

我想，如果是他——

如果是他的话，或许会把我从这一状态中拯救出来。

2

一月六日，星期三。岛田洁打来电话。

从来梦回到家，我就来到工作室，站在即将完成的画前。恰巧此时，电话铃响了。

“喂，飞龙君吗？”

听筒另一头传来了令人怀念的声音。那声音令我大吃一惊。这几天我一直想和岛田联系，而他仿佛已经感应到了我的想法。

“啊呀，还真是好久没有联系了。我是岛田，岛田洁。你身体还好吧？听老爷子说，你去年特意打电话给我，是吗？这么久才联系你，对不起啊。唉，我好久没回家了。”他用低沉有力的独特嗓音说道，“不过，你难得打电话来。有什么事吗？”

“岛田前辈，”我心酸地答道，“事情是这样的——我母亲过世了。”

“你母亲？那位养母吗？这……”

“去年十一月死于火灾。”

随后，我一口气把事情的经过告诉了他，包括自去年七月搬家至今发生的事，以及目前自己的想法。

“这样啊。”听完我冗长的叙述后，岛田低声轻叹道，“这可够你受的！这么晚才联系你，很抱歉。”

“岛田前辈，你是怎么想的？”我用求救般的语气问道，“究竟是谁要害我？为什么要害我？”

“这个嘛……”他说道，“现在我也没办法立刻回答你，不过呢……嗯，这样吧，我就谈谈我想到的几点吧。”

“好。”

“首先，最大的问题就是——谁是‘凶手’，对吧？但从刚才你的那些话中很难推断出凶手是谁，没有决定性的限定条件呀。但是，正如你最初考虑的那样，我认为绿影庄的房客很有嫌疑。他们很容易潜入上了锁的正房或是仓库。相比外人，他们有更多的机会把备用钥匙弄到手吧？绿影庄的房客，嗯……再加上管理员夫妇，总共是五人吧？单从备用钥匙这点来考虑，还是管理员夫妇最值得怀疑。你是怎么想的？”

“起初我也觉得应该对水尻夫妇抱有戒心，但是看着他们的样子——特别是在母亲死后，我无论如何也无法怀疑他们。”

“你的意思是……”

“他们对我非常好，特别是纪袮夫人，对我的衣食住行各个方面都悉心照料。”

“这样啊。从感情上来说，他们不像凶手。”

“是啊。何况道吉老人的身体很虚弱，怎么也不像杀人凶手。”

“那么，这两人暂且不管。另外三个人有没有什么值得怀疑的地方呢？”

“辻井雪人是个非常难以理解的男人，举手投足间都让人很不舒服。相反，仓谷诚虽然有些古怪，但是看上去很坦率。至于木津川伸造……嗯，说起来，我有一天突然这么想……”

于是，我把母亲拜托木津川为自己按摩时产生的疑惑告诉了岛田——我怀疑木津川并没有失明。

“嗯，对于盲人来说，的确很难犯下这一连串的‘罪行’。但是，如果他假装失明，那就无法排除嫌疑了。”

“当然，这只是我的怀疑，不知道为什么会产生这样的感觉。”

“那就确认一下好了。”岛田非常干脆地说道，“调查一下木津川是否真的失明了。”

“可是，要怎么做呢？”

“动点小手脚就很容易判断出来。比如说给他的门上弄个什么玩意儿——事先用图钉把画有数字人脸的纸钉在他的门上，第二天再去看看那张纸怎么样了。”

“这样啊。”

就是说，如果木津川真的看不见，那么纸会原封不动地被钉在那里。可如果他是装出来的，那么钉在自己房门上的那种胡乱涂抹的画应该会被他立即揭掉。

“如果他没有失明，也许会起疑心吧？他会怀疑有人想试试自己到底是不是盲人吧？不过，在他这么想之前，第一反应应该是揭下那种画，这才是正常人的心理。就算他照原样重新钉上，门上或纸上也应该留下相应的痕迹。”

“的确如此。”

“明天，可能的话，今晚就做一下试试，怎么样？”

“好的，就这么做。”

“还有就是那个絮絮叨叨的作家，我也有个想法。”

“辻井雪人吗？”

“对。问题在于他与你的关系。你们是表兄弟。”

“这怎么了？”

“动机呀，动机。”

“什么意思？”

“还没懂呀？”岛田有点吃惊似的说道，“你和辻井是表兄弟，也就是说，他是为数不多和你有血缘关系的人。而你和养父家并没有什么法律上的认证手续。如果你出了什么事，那飞龙家的财产如何处理呢？”

“这……”

“即使是远亲，可他起码是和你有血缘关系的人呀。”

“你是说，他瞄上了我的财产？”

“事实上，表兄弟间应该是没有继承权的，但是，倘若辻井认定自己有资格……”

“那么，信上写的东西都是为了掩盖他的动机？”

“没错，有这种可能性。总而言之，辻井是个需要注意的人物。另一个姓仓谷的研究生，目前还没有什么可疑之处。不过听了你的描述，我总觉得那个男人多少有些恋母情结。你没有看出他对令堂有什么企图吗？”

“让我想想啊……经你这么一说，也不是没有这种感觉。”

“这样啊……目前为止，有关‘凶手’的问题就只有这些了。至于你的记忆，我觉得你应该坚持画下去，但这是你自己的事，所以我不能多说什么。”

“那关于这个家呢，你是怎么想的？就是从前岛田前辈曾提过的，与建筑师中村青司的关系。”

“啊，这个嘛……”岛田停顿了片刻后，一本正经地说道，“中村青司曾经参与了京都的‘人偶馆’——也就是你家的改建。这件事我听说过。”

“果然是这样。”

“但时至今日，就算介意也无济于事了吧？中村已经过世了。虽然我也常常想些因缘什么的，但这些并没有任何科学依据。我担心的反而是放置在你家里的人偶。”

“人偶吗？”

“问题在于令尊为什么将这些不完整的人偶留在家中。”

“那是因为……据说他晚年时，精神就不正常了。”

“关于令尊的精神不正常这一点，我并没有异议。可即便如此，我也很在意那些人偶的特征以及放置方法——确实像是有什么特殊意义似的。人们不是常说疯子有疯子的逻辑吗？”

疯子的逻辑吗？

我又一次在脑海里回想了一下父亲留下的人偶，那些以让母亲实和子复活为目的、没有“脸”的人偶，那些缺失了某一部分的人偶。

“飞龙君，我还会给你打电话的。要是发生了什么奇怪的事，就跟我联系，好吗？”

岛田说完这句话，便挂了电话。我的耳畔只留下孤单的寂静。

3

那天深夜，我按照岛田的指示准备了一张便条纸，并在纸上画下毫无意义的涂鸦。而后，我悄悄地走向木津川的房间，用图钉将便条纸钉在门上与视线齐平的位置。

沿着前院的小路绕到建筑的后面，是木津川住的“1−D”的入口，不用担心会有其他人看到涂鸦并将其揭掉。

木津川出去工作了，要晚些才回来。

明天上午，一定要记得过来确认。那时，如果那张纸原封不动地保留着，那么姑且就当木津川是无罪的。

沿小路折回时，我抬头望了一眼辻井住的“2－C”的窗户——他在屋里，好像还没有睡。

回到“2－B”，我一头倒在床上，反复回味着与岛田的通话。

凶手是谁？

住在这栋房子里的人绝对可疑。考虑到觊觎我的财产这一动机，需要特别注意辻井雪人。为了探寻记忆，那幅画应该坚持不懈地画下去。“人偶馆”真的是中村青司建造的房子。更令人在意的是父亲高洋留下的人偶。

这个宅邸中的人偶。

我渐渐习惯了那些人偶不自然的形象，最后将其看成在孤独和衰老中自杀的父亲留下的遗物，而揣测它的意义是徒劳的。

但是——

岛田却认为疯子有疯子的逻辑。毫无疑问，他觉得那些与“全部原封不动地摆在原位”的遗言一起留下的人偶，一定包含了某种重要意义。

我开始在意起这件事来。

现在已经过了十二点。在平时，该是准备入睡的时间了，但此刻我反而清醒起来。

宅邸里的人偶。

我起身下床，穿过起居室，走到走廊上。

出门右转。在已经熄了灯的走廊上拐一个弯，正面站着一个人偶——缺左腿的人偶。它位于一楼走廊上那个没有上躯干的人偶的正上方。

借助从窗口洒进来的星光，我观察着人偶浮现在黑暗中的模样，看着看着，我突然察觉到了某件事。那就是——

她的“视线”。

当然，由于她的脸依旧是那张没有起伏的“扁平脸”，因此从某种意义上说她没有“视线”。而我想表达的是，斜对着窗户的这个人偶脸的朝向。

如果我没有记错的话，放置在正下方的那个人偶，不也是朝着同一个方向吗？

会不会因为她们的位置相同，所以朝向也相同呢？倘若是这样，那么，她们为什么非要同样面朝一个方向呢？

（这……）

这该不会就是人偶们被赋予的意义吧？

这么一考虑，我便坐立不安起来。

回到房间后，我立即坐在桌子旁，打开素描簿，拿起了铅笔。之后，我边回想包括正房在内的整个宅邸的构造以及房间布局，边还原出平面图。

我的记忆有些模糊，也不清楚准确的尺寸比例。尽管如此，我还是绘出了这幅平面图，之后立即在图中圈出六个人偶的位置。

正房的玄关旁。仓库甬道尽头。母亲生前使用的起居室的外廊。“1-B”前面的走廊拐角。

我并没有另行标出放置在二楼的人偶，而是在同一张平面图相应的位置上做了圆形记号。这个房间前面的人偶与正下方的人偶重叠在一起，所以用双重圆圈做出标记。另一个则在大厅回廊的东南角。

标记出所有人偶的位置后，我又在心里回忆起每个人偶脸的朝向。

玄关的人偶似乎是斜向左边的。外廊上的人偶也是背对房间，脸稍稍朝向左边。

甬道处的人偶没有头部，但很显然是直视正前方。另外，正如刚才看到的那样，在洋馆一楼与二楼走廊拐角的相同位置上，两个人偶斜向左方。大厅回廊角落处的人偶则与此相反，斜向右侧的窗户。

我将各个人偶的视线以箭头标出，于是发现，六个箭头竟然指向同一处！

由于这图并不十分精准，所以箭头所指并未完全吻合。但若把各个箭头延长，则在内庭中央附近，这六个箭头几乎相交。（见图三）

确认这一事实后，我再次来到走廊上，站在拐角处、没有左腿的人偶旁边，与她看向同一个方向。

我看到窗外微弱星光下的荒芜院落，顺着她的“视线”，目测着图中箭头延长线的交会点。于是——

“天啊！”我不由得轻叹一声。

父亲上吊的那棵粗壮的樱树就在那里。

4

时值深夜，我决定等到明天再行动。所谓行动，当然是指查看那棵樱树附近有无异常之处。

六个人偶的“视线”为何集中在那棵樱树上呢？

这绝对不是偶然。一定是亡父高洋刻意为之。

那么，他这样做的理由是什么呢？

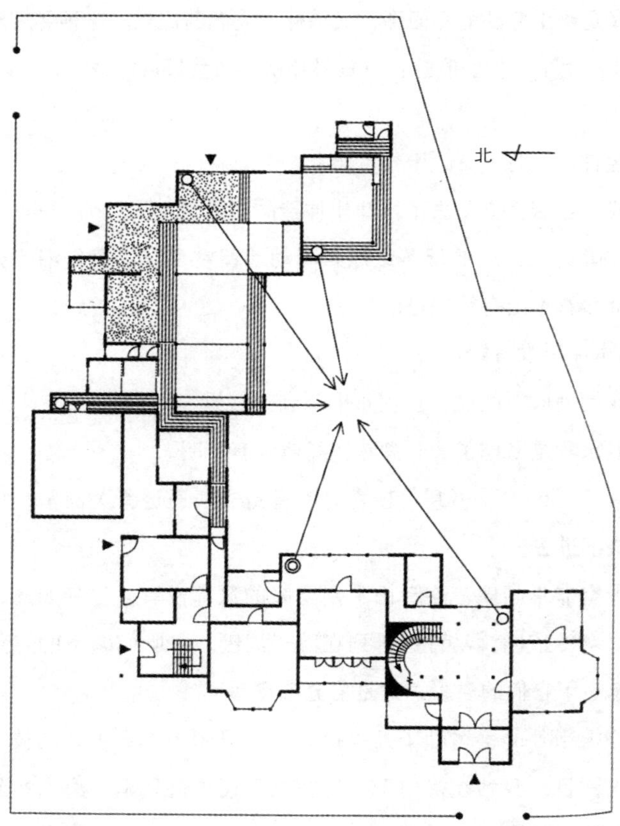

图三 人偶馆平面图

自己死了,“她们”守护着自己死去的地方吗？仅仅因为这个吗？不，我并不这样认为，一定还有其他寓意。人偶们注视着的是那棵樱树本身，还是那一带的地面呢？一定有什么东西在才是。

又是绘出宅邸的平面图，又是标记人偶的位置，这种寻宝般的行为使我产生了这样的联想：总觉得那棵樱树附近可能埋有什么东西。

翌日。一月七日。上午九点。

我一起床就立刻去了木津川伸造的房间。

昨晚钉在门上的便条纸原封不动地留在那里。我仔细检查了纸条，全然看不出有被揭过的痕迹。

(木津川没有嫌疑。)

我悄悄取下图钉，将便条纸塞进裤袋里。

看来我是多虑了——竟然怀疑他没有失明。

我从“1－D”离开，径直向内庭走去，通过玄关门前，自洋馆南侧绕了进去。

天空非常晴朗，连自山上刮下来的风都没有。尽管如此，隆冬时节，寒冷依旧。常青树排列在院子周围，自叶间漏下的点点阳光令人忽略了它们的温暖，只是倍觉寂寞罢了。

那棵粗壮的樱树叶子几乎掉光了，只剩下无数生硬的枝干，分外引人注目。我站在樱树下，边将双手插进裤袋里，边观察起那一带地面的情况来。

堆积如山的落叶和枯草。冬日里依旧生机盎然的杂草。火灾后残留的漆黑灰烬。

倘若地下埋有什么东西，也一定不会埋在离树根太近的地方。因为要是离树根太近，扎于地下的树根就会碍事。

我用脚尖拨开落叶和枯草，在树四周徘徊起来。

就这样徘徊了一阵后，我总算发现了一些蹊跷。离树根一米左右的北侧——我总觉得那一带的地面与其他地方不一样。

紧贴在地面上的杂草看上去比其他地方稀少一些。当然，如果父亲在那一带埋了什么东西的话，也是一年前的事了。如果考虑到流逝的时间，以杂草的密度作为参考是靠不住的。

我站在那个地方，朝洋馆方向看了看。

我先看向一楼走廊。从一排涂料剥落的乳白色窗户中，我寻找着放置在走廊拐角处的人偶。

我立刻发现了那个人偶。虽然因为反光的关系很难看清“她”，但我可以看到伫立在昏暗走廊拐角处的“她”的影子，还有她那张脸的朝向。她的视线笔直地朝我射来。

同样，我找到了站在二楼走廊上的两个人偶，并证实它们的脸也是笔直朝向此刻我的所在之处。

（就是这儿吧？）

我从正房的废墟上捡起一块瓦砾，放在这个地方作为记号。

如果这儿真埋着东西，那么究竟是什么呢？

此时，我觉得自己朦朦胧胧地预感到了答案。

5

在房间里吃完了水尻夫人准备的饭菜后，我向她借了一把铁锹。她吃惊地问我为什么要这种东西，我随便找了个借口，说自己一时心血来潮，想收拾一下院子。

我还装作若无其事地问了一句：“家里的那些人偶是从什么时候

开始放在那些地方的？”

“好像是前年深秋时节吧。”水尻夫人答道。

那之后两个月左右，父亲自杀了。

“那个时候，他——我父亲有没有在院子里做什么？比如摆弄摆弄栽种的树，或是挖洞什么的。”

“这个嘛……”她歪着脑袋回忆道，“我觉得好像有过，但到底有没有嘛……”

从下午开始，晴朗的天空忽然转阴。风刮弯了内庭的树枝，叶子沙沙作响。听水尻夫人说，今日午后会有雨雪。

我想在变天前先挖挖看，于是赶紧将铁锹插入标有记号的瓦砾处。但因为接连几日的晴好天气，地面干燥，难以挖掘，再加上自己不习惯干力气活儿，还没挖上五分钟，我的胳膊和腰就酸痛起来，背上和腋下也冒出汗来，而脸颊和握着铁锹的手却冻得生疼。

连续挖了二十多分钟，好容易才挖到三十厘米。

厚厚的云层加速扩展开来，风越来越强，吹得我直打哆嗦。

应该挖到多深呢？就在我产生不知是后悔还是死心的念头时——

突然，“咔嚓”一声，铁锹碰上了什么硬的东西。

我急忙窥视洞中，可那里混杂着泥土，看不到到底是什么东西。

我又一次将铁锹插向同一地方，又是“咔嚓”一声。的确有种碰上了什么东西的感觉。

我蹲下去，用手拨开那些碍事的土。不一会儿，冻僵的手指摸到了那个东西。那是个硬硬的、平平的东西。

（找到了！）

就是它！

我再次握住了铁锹，忘记了寒冷和疲惫，拼命地挖着。

那是个相当大的物件。

一米半长，四五十厘米宽，三十厘米高。

辛辛苦苦挖了一个多小时，我总算把洞挖得足够大。

虽然此时离黄昏还早，但四周已经渐渐昏暗起来，看样子随时会下起雨或雪。

挖出来的那件东西是一个狭长的木箱。

(这是用来放什么的呢？)

这般大小和形状的盒子，不用说，首先一定会联想到——没错，就是棺材。

(棺材？)

即使不打开盖子，我也隐约猜出这里面放了什么东西。

(没错。)

(那就是……)

箱盖用钉子牢牢地钉着。我回到屋中，又向水尻夫人借了一把拔钉钳。

“小少爷，您怎么啦？”看着我灰头土脸的样子，她担心地问道，“看着像是在挖……”

“我找东西呢。”这一次，我坦率地答道。

水尻夫人难以置信地眨着眼睛问道：“找东西？找什么东西呀？”

“父亲的遗物。”

我撇下目瞪口呆的水尻夫人，再次跑回内庭。

仅仅是打开箱盖，竟花了十分钟。好不容易拔完盖子上的钉子，我尽量平缓下呼吸，迫不及待地将手放到箱盖上。

（啊！）

意料之中的东西映入我的眼帘。

（果然如此！）

躺在盒子里的东西是一个白色的人偶。

头部、上躯干、两条胳膊、包含了右腿的下躯干、可以拆卸的左腿；那张脸上五官俱在；头上还有头发。

（妈妈……）

父亲将这个人偶完成了。将这个人偶——我的生母实和子——完成了。

我跪在坑边，伸出双臂，抱起了她的身体。

这时，一滴冰冷的液体打在我的脸颊上。我抬头看去，只见自阴暗的天空中，骤然降下大滴大滴的雨点。

6

我抱着人偶跑回家。

雨声越来越大。我仿佛被那暴雨追赶般，一路小跑穿过走廊，奔向画室。

在换衣服前，我先用布仔细地擦掉了长年睡在棺材中的人偶身上的污垢，随后将她放在摇椅上。我坐到扶手椅上，与她相对而坐。

（妈妈……）

我凝视着她的容颜。

黑发过肩，一直到后背。雕刻在纤细轮廓中的那张脸，与残留在记忆之中的母亲的容貌是一致的。

我觉得，她与自己非常相似。

初次见面时，水尻夫妇感慨地说我与祖父武永很相似，但我看到父亲重现的实和子的脸庞时，反而觉得自己更像母亲。

(妈妈……)

父亲完成了这个人偶。他成功地重现了妻子的姿态，并将其放置在自己身边。

我无法得知父亲什么时候完成了这个人偶，但可以确信的是，对父亲来说，他只需要一个完美的人偶，仅此而已。

留在这个宅邸里的六个人偶都没有“脸”，但是，父亲应该不是有意识这样做的。

他以“复活”实和子为目标，制作了这些人偶。恐怕在完成这些人偶之时，每个人偶都被赋予了一张脸吧？可是，父亲对任何一个“她”都不满意。每每制作出新的人偶，他就会削去已经完成的人偶的“脸”，并废弃自己最不满意的部分。

经过多次摸索后，他终于制作出了一具完美无缺的人偶，即眼前的这个。

我没有能力分析其后他决意赴死的心理过程，但是，如果斗胆作不负责任的想象——

他并非孤身赴死。他是和复活的爱妻完成了殉情。

父亲亲手将“复活”的实和子装入棺材，埋在自己将要上吊的樱花树下。无论如何，我都觉得父亲的这种行为就是“殉情”。

这样说起来，那六个形状不完整的人偶是不是在承担着“守墓人”的职责呢？父亲“命令”这六名看守守护着妻子。

如果再想象一下的话，或许那是父亲有意留下的口信。

头部、上躯干、下躯干、右胳膊、左胳膊、左腿——缺少某个部位的“她们”注视的地方，就是唯一完整的“她”所在之处。难道不能理解为那六个人偶身上包含着这种暗示吗？

那是给谁的口信呢？给我的吗？给这个他从未理睬过的儿子吗？

倘若是这样，究竟是为什么呢？

听着拍打仓库顶的强烈雨声，我一动不动地凝视着摇椅上母亲实和子的脸。突然之间，内心深处再次——

……鲜红的花……

……秋日凉爽的风……

久远的情景时隐时现。

……两道黑色的……

……蹲着的孩子……

（孩子……那孩子就是我。）

……石块……

……石块……

……被他握在手里……

……石块……

……孤零零地……

（石块？）

（孩子手握石块？）

……轰……

……轰隆隆……

（孩子——我，手握石块……）

……轰……轰隆轰隆……

（列车驶来的声音。）

……犹如巨蟒尸体般……

(出轨倾覆的列车黑影。)

……妈妈!

……妈妈呢?

……在哪儿呢?

……妈妈!

……妈妈!

……妈妈!

“妈妈!”我抱着头，大声喊道。

美丽的母亲丝毫没有为我动容。她不动声色地望着我苍白的脸。

“妈妈……妈……啊!啊!”

刚才种种可怕的光景在我脑海中复苏。我真想否定它!

“不会的……不可能的。”

我一个劲儿地摇着头，把视线从人偶身上移开。母亲苍白的面容上瞬间露出心疼的神情。

那是二十八年前我六岁时的记忆。长久以来，被我尘封于心底的记忆。

难道说父亲留下那六个人偶，是为了从我的内心深处唤醒这一记忆吗?

从人偶身上移开视线，我又看到了立于画架上的那幅画。

蹲在铁轨旁的孩子——就算看不到容貌，我也知道那就是自己。是的，那的确是我。我在那里做什么呢?为什么这样做呢?

我想起来了。

我想起来了。正因为我已经回忆起来——正因为如此，有谁愿意告诉我，我今后该如何是好?!

竟然是这样!

二十八年前的秋天，是我害死了自己的亲生母亲。不，我不仅仅害死了母亲，还夺走了很多人的生命。

我绝望地闭上了双眼。此时，耳畔传来电话铃声。

7

“喂，是飞龙君吗？”

“是我。”我紧握着听筒，有气无力地说道，“岛田前辈……”

“啊？你这是怎么啦？怎么发出这种声音？不会是已经睡下了吧？”岛田洁问道，“还是突然有了什么进展？”

“岛田前辈，我——”我毫不犹豫地向他倾诉着，“我、我并不想那么做啊。我没打算那么做。我万万没有想到，竟然会酿成那么大的事故。”

“飞龙君，你怎么了？”

“那一天——那天，妈妈要领我去看杂技，很早以前就约定好了。父亲说没有必要特意领我去看那玩意儿，所以，只是我和妈妈两个人。那天，我们约好瞒着父亲偷偷去看杂技。可是……可是，没错，可是眼看就要去了，妈妈却有其他的事，去不成了。父亲雕刻的作品第一次在什么比赛上中选了，所以妈妈非去出席他的颁奖仪式不可。于是……

“‘改日再去吧？’妈妈和蔼地对哭泣中的我说道，‘下次一定去，这次原谅妈妈吧，好吗，想一？’

“可是，那天是杂技公演的最后一天。我从两个月前就一直盼望着能和最喜欢的妈妈去看公演。

“‘对爸爸来说，今天可是非常重要的日子呀。对不对呀，想一？

你会明白的吧？想一也一起去，怎么样？爸爸在会场里等着我们呢。'

“可我根本不想去看什么颁奖仪式。年幼的我理解不了那个颁奖仪式对父母来说有多么重要的意义。何况，是的，我讨厌他。我讨厌那个总是神色可怕地待在画室里，我一进去就像鬼一样训斥我的父亲。结果，妈妈丢下我，自己去了颁奖仪式。我被她孤零零地撇下了。所以……”

岛田一言不发地听我讲述。我意识到自己的声音在颤抖。

“所以我觉得，只要让列车停下就好。那样的话，妈妈就去不成了。去不成的话，妈妈就会回到我身边，领我去看杂技。母亲乘坐的列车经过我家后面——小孩子只需几分钟就能走到——朝城市方向开去。我在母亲出门后不久，就拼命地朝铁轨奔去。我一心只想让列车停下来，只要列车能停下来……

“于是，我在铁轨上放了一块石头。不知什么时候，我曾经从别人那里听说过，有个坏孩子在铁轨上放石子，那样做的话，列车就会停下来。但是，没想到竟然会……

“铁轨在那儿拐了一个大大的弯，这或许也是造成灾祸的原因。我从铺设铁轨的区域逃出来，在远离铁轨的地方盯着驶来的列车。列车驶过放置石块的地方，发出可怕的巨响，紧接着就偏离了轨道，歪歪扭扭地翻滚着。最后，它一动不动，被一簇簇随秋风飘动的彼岸花包围着。那样子犹如——是的，看上去犹如巨蟒的尸体一般。

“我呼喊着，呼喊着妈妈。她当然没有回答我。不应该变成这样的，我没有那个打算啊。我只是单纯地希望列车停下来。没想到那么一块石头就掀翻了那么大的列车。

“父亲恐怕知道了这件事吧？似乎是我在事后告诉他的。所以，他无法原谅我，自此以后更加憎恨我。但他无法向别人倾诉亲生儿子的罪过，才会抛弃我，独自来到这座城市。”

“原来如此。”好容易才等我说完，岛田立即说道，“也就是说，这件事就是你的‘罪过’。这下子，那个放在玄关的石块也有意义了。”

“岛田前辈……”

“这件事太过悲惨，所以你才不知不觉地把记忆封存在自己的心底。或许……嗯，飞龙君，你向父亲坦白这件事的时候，他强制你做了什么吧？比如‘你干的事绝对不能告诉任何人’之类的。”

“啊，这么说的话……”

“忘了它！”他摆出一副凶恶的面孔，压低声音命令我道，“想一，听好了，给我忘掉！就当没发生过那种事，什么都没有发生过。记住了吗？”

“岛田前辈，我……”

“哎呀，何必发出那么悲惨的声音。”岛田的声音依旧低沉而热情，“你一定很震惊吧？可是别忘了，那已经是近三十年前的陈年往事了。当时的你没有任何责任能力，也没有犯罪意识，所以……”

“可是……”

“也许那确实是罪过，但是现在你完全不应因此被复仇。”

“……”

“如果凶手以二十八年前的事件为由想害你，那才叫无法无天！不管有什么样的理由，我们的社会里也不能容许个人制裁行为，更何况那家伙为了折磨你，甚至不惜杀害你的母亲——沙和子姨母。怎能容忍这种暴行！”他的话坚强有力，“飞龙君，你明白了吧？你可不能因此自暴自弃呀！”

“好。”我松了口气般地点了点头。

“那就好，那就抽根烟什么的放松放松吧。”

我真的点燃了一根烟。

“总而言之，已经解决了一个问题。不得不承认，以现在的状况来说，这算是不小的收获。”接着，岛田又问道，“昨晚我说的木津川的事，你试验了吗？”

“嗯。”

我将结果告诉了岛田，他随即赞同地“嗯”了几声。

“就是说，已经排除一个嫌疑人了。如果真的是盲人，那他无论如何也不可能犯下这一连串‘罪行’。这样一来，凶手就在剩下的‘嫌疑人’之中，不是辻井就是仓谷。可是，无论凶手是谁，那家伙是怎么知道你的‘罪过’的呢？这也是一个重要的问题。在二十八年前，他曾目睹了那场事故吗？通过什么方法调查出来的吗？还是从你父亲那里听说过呢？”

“为什么他至今仍然……”

“谁知道。只是，倘若你的‘罪过’就是那家伙的犯案动机，那么我认为有两种可能。”岛田信心十足地谈着他的看法，“一种是那家伙本身与事故毫无瓜葛，却想审判你犯下的‘罪过’。说起来，这是一种执着于‘使命感’的狂人。另一种则是那家伙深受其害，比如说乘那列车受了重伤，或者是亡故之人的亲人。总而言之，那家伙想找你复仇。”

“复仇……”

“不管怎么说，有必要好好调查一下二十八年前的那起事故。这样吧，这件事就包在我身上，因为不能放手让你自己去调查。”

“岛田前辈，谢谢你。”

“总而言之，你可不能愁眉不展的。不久之后，我也会去你那儿。”

“真的吗？”

“当然。不过现在我这里有点事，腾不开手，还不能马上过去。你可要特别留意锁好门窗以及周围人有没有可疑的行动。记住了吗？”

“嗯，我知道了。”

“那我过几天再和你联系。”

——1

那晚，** 恰巧外出。

这并不是计划内的外出。如果硬是寻求理由的话，也可以说是为了考虑杀死那个男人的方法。

** 非常清楚那个男人散步的线路。今晚就自己走走看。

他也该想起自己曾犯下的罪行了吧？对我也一定有了相当高的警惕性。

倘若如此，我有必要找到一个好方法，一个让他放松戒备、可以抓住可乘之机的好方法，一个最适合他的好方法。

不必多虑。不是已经收拾了一个吗？不管怎样，只有一个结果。所以，现在就……

不！等等！

（在这之前……）

没错，在这之前，我还有件不得不去做的事。

（那是……）

深夜。清静的住宅街上半个人影也没有。

前方出现了小神社的鸟居，鸟居对面是无尽的黑暗。夜风掠过枝头，传来沙沙声。不经意路过鸟居时——

（嗯？）

** 看到远处有个正在移动的东西。

（那是什么？）

他马上躲进鸟居的阴影处。

（那是……）

神社院内的背阴处有一大一小两个人影。

小的多半是个孩子。这么晚了，怎么还会有小孩在外面？他连思考的时间都没有，就看到大影子犹如压在那孩子上面似的动了起来。

犬吠。

那是幼犬细弱的撒娇声，声音也自小神社内传来。

重叠在一起的两个人影不动了。大影子起身后，孩子的小小影子瘫倒在那人的脚边。

（那是……）

** 屏息凝视。

（那个男人是……）

* * *

孩子的身体倏地失去了力气。他松开掐住孩子脖子的手，向后退了一步。啪的一声，孩子瘫软在地上。

辻井雪人用布满血丝的双眼环视了一下四周。

深夜。黑暗的神社内一个人都没有。

（不要紧。）

不要紧的，没有被任何人看到。

黑暗中传来幼犬的呜咽声。这是一个冷清的神社，冷清得似乎连附近的人都忘了它的存在。那声音似乎是从神社外廊地板下传出来的。

（真是个倒霉的家伙！）

他冷酷地扫了一眼横在脚下、一动不动的孩子。

（就为了那只狗崽子……）

对辻井来说，今晚偶遇这个孩子，当然是意料之外的事。一般来说，很难想象小孩子孤身一人在深夜游荡。

在打工回来的路上，他碰到了这个孩子。

辻井看到跑来的孩子，先是吃了一惊，随后便警惕起来。他觉得这可能是某种陷阱，但倘若并非如此，便是再好不过的机会了。

憋闷的感觉自内心深处涌了出来，渐渐集中在一起，成为某种欲望。

（小兔崽子！）

他决定先探探口风。

“这么晚了，有什么事儿吗？”他尽量温和地问道。

那是个小学一二年级的男孩，校服外面套着一件蓝色毛背心。

起初，那孩子似乎以为自己会挨骂。他扭捏地反剪着手，战战兢兢地仰望着辻井回答道：“没什么事。”

“我不会责备你的，说说看。一定有什么事儿吧？”

“并没有什么。”

“喂，你要是不肯老老实实告诉我，我就带你到警察叔叔那儿去。现在可不是小孩子在外面玩儿的时间。”

考虑片刻后，孩子将反剪着的手伸到身前，说道：“我给奇毕拿饭来了。”

“奇毕？奇毕是谁？狗狗吗？”

“嗯。”孩子的手里拿着一个超市纸袋，里面放着袋装牛奶。

“妈妈和爸爸都讨厌狗狗。我要是把奇毕带回家去，他们会让我丢了它的。”

“这样啊。所以，你就把它偷偷地养在什么地方了？”

“嗯。就养在那边的神社里。”

“可是，为什么这么晚了才来？”

孩子笨嘴拙舌地告诉辻井，平时会来得更早一点儿，但今晚在偷跑出来前不小心睡着了。他也犹豫过要怎么办才好，但一想到狗狗的肚子饿了，就觉得不能不去。

没事儿的——辻井心想。

（这小子是绝好的猎物！）

“我跟你一起去吧。深更半夜的，你一个小孩子多危险。”

听辻井这么一说，那孩子丝毫没有露出怀疑或恐惧的样子，马上把辻井领到了神社中。不知道这孩子到底是天性单纯，还是父母没有对他进行过这方面的教育。

不管怎么样，对辻井来说，这是一个天赐良机。当然，倘若途中遇上了什么人，他就会收手。

（小兔崽子！）

辻井咒骂着，并用脚尖将孩子的尸体翻了过来。

（谁让你碍我的事了！）

（碍我的事……）

（碍事……）

他心想，要是这个城市里的小兔崽子都死了，那该多好！这是一群既无理性又不优雅、一无是处的不洁生物。凭什么要自己做这种家伙的牺牲品?!

辻井不喜欢小孩，也不懂大人们为什么不分好歹地称赞孩子的纯洁性及可塑性——简直岂有此理!

小孩子是纯洁的?

他们身上潜藏着无限的可塑性?

这些全是扯淡的鬼话！这难道不是天真的幻想吗?

没有谁能比小孩更加残酷；没有谁能像小孩那样，可以不顾他人的感受为所欲为!

一个四十人的班级中，究竟能有几个人可以在将来完成有意义的工作呢？他们都是废物，不是吗？那种“只要功夫深，铁杵磨成针”的思想，也只不过是为了安慰那些一无是处的废物吧?

但我却是个不可多得、才华横溢的人——辻井坚信。他坚信自己迟早会写出日本文学史上——不，是世界文学史上——的杰作。然而，如今自己的才华仍然没有得到承认，那只是不走运而已。

首先是手头缺钱。父母不是有钱人，只因为如此，自己不得不将写作时间减少，为了获取生活费而去打工。

以前住的房间是一栋地板似乎就要脱落的破公寓，加上位置临街，玻璃整日哒哒作响；同幢公寓中的其他房客也满不在乎地发出各种声响……在这样的恶劣环境中，根本无法创作出让自己满意的文学作品。

去年夏天，好不容易才逃离了那幢公寓，自己应该再也不会为恶劣环境折磨了吧？然而……

隔壁的吉他声在换屋后总算听不到了，但工作依然没有进展——情节构思不出，人物干瘪，文章别别扭扭——废弃稿纸渐渐堆积如山。

本应才华横溢的自己为什么创作不出作品来呢？为什么如此痛

苦呢？为什么……

辻井立即找到了答案。

这都是被那些家伙害的，都是被到处玩耍、毫无顾忌地扯开喉咙大喊大叫的那些家伙害的！

那些家伙碍了我的事，那些家伙的声音扰乱了我的心，那些家伙夺走了我的才华。

一旦这样认定，其后这种想法犹如在坡道上滚石头般越发强烈。

不仅仅是面对着稿纸的时候，醒着也好，睡着也罢，即使是走在路上的时候，每当辻井听到孩子的声音，都觉得自己的才华渐渐被夺走了。

辻井的被害妄想急剧膨胀，不久就变为对“小孩子”这种群体的憎恶之情。他发觉自己在不知不觉之中会冲着窗外的孩子喃喃低语“宰了你们”——辻井认为这是理所当然的。

去年八月，杀害第一个孩子的那一天——

他觉得当时完全是在无意之中下的手。

下了早班回家时，经过水渠旁的道路，一个孩子撞到了辻井。

小兔崽子！

他脑中念头一闪，紧接着就掐住了那孩子的脖子。孩子连喊一声的时间都没有，就断了气。

时值黄昏。

在附近玩耍的孩子的声音使他回过神来，慌忙将尸体扔进了水渠。

他毫无罪恶感，反而十分轻松。辻井甚至认为这是对方妨碍自己创作的报应——我不得不保护自己！不得不保护自己的才华！

当然，那孩子似乎并没有在他的窗外吵闹过，但在他看来，这不是本质问题。

那晚，他的头脑异常清醒。过去一天一页稿纸都写不完，而那晚却一口气写下了十多页。

在法然寺内杀死第二个孩子，与其说是突发性事件，不如说是辻井的主动出击，也可以说此时他已经从这种行为中找到了某种价值。

杀人之后，创作顺畅得连他自己都觉得不可思议。这是事实，但随着时间的流逝，效力会渐渐减弱。他不得不又一次为了捍卫自己的才华进行“战斗”。

连续发生杀人事件，警察和家长提高了警惕，所以他不敢轻举妄动。直到十二月初，辻井才捕捉到第三个猎物。

一个月过去了。今天是一月十二日。他又觉得有必要“保护”自己了。

他正在创作的作品离完成还需要很多时间。不仅仅是孩子的吵闹声，自去年失火后，照料着飞龙想一的人的脚步声也令他困扰不已。好不容易更换了房间，谁知前些时候飞龙不知搭错了哪根筋，突然在院子里挖起洞来。那声音真是让人难以忍受。

（可是——）

他再一次看向脚下的尸体。

（这下稍稍舒服点儿了。）

幼犬的悲鸣声萦绕在耳边。不知道它是在哀叹小主人的不幸，还是仅仅因为肚子饿了。

辻井离开那里，边调整混乱的呼吸边朝神社出口走去。

哒哒哒……

此时，辻井似乎听到前方传来了脚步声。他吃了一惊，一口气跑到鸟居下面。但是——

（是我多心了……吧？）

他张望了一下昏暗的道路两旁，没有发现任何人。

（不要紧，没事儿的。）

他依然没有半分负罪感。

如果说惩罪罚恶是上帝的职责，那么无辜的人是不会遭到天谴的——辻井雪人坚信这一点。

8

我发现了父亲埋在院子里的人偶，想起了长期埋藏在心底的记忆。一周后——

是我杀死了母亲。我不仅亲手夺去了母亲的生命，还把许许多多陌生人置于死地。

多么不愉快的记忆。也许我应该一辈子将它埋藏在内心，绝对不该想起。

父亲命令我忘记它。我遵循他的指示，这也是自己的愿望。迄今为止，我一直将它封存在心底。

我觉得，埋在院子里的人偶以及暗示其位置的其他六个人偶，可能是父亲在向我发泄怨恨吧？他想让我想起自己的罪过，并因此而痛苦吧？这是他对我的“惩罚”——这么考虑并不牵强吧？

还好，我将一切都告诉了岛田，这和向神忏悔有相同的效果。彻底坦白回想起来的罪过，使我轻松了不少。否则，我肯定会陷入不可救药的自暴自弃之中。毫无疑问，我会承认自己的“罪过”，责备自己，甚至心甘情愿地将自己的性命交由“他”手吧？

但是——

正如岛田说的那样——没错，我不能因此自暴自弃。

我不是有意引发那起事故的。那时我还是个孩子，只是希望母亲回家陪我。

我无意将自己的过失“正当化”，但是，我无论如何也无法原谅以二十八年前那起悲剧为由，夺去了母亲沙和子性命的“他”。这种行为不应该得到原谅!

希早子回到京都以后，我也会向她和盘托出吧？或者，对，请架场久茂也……

如此一来，我的心情也许会更轻松一些。他们一定会理解我，不会责备我，会像岛田那样鼓励我。

自此以后，我在画室埋头创作着新的画作。那是母亲的画像。

那是依据挖出的人偶与自己的记忆，绘出的母亲实和子的肖像。

慈祥的母亲。深爱我的母亲。我最爱的母亲。

幼时的天真欲望使她命丧黄泉。这也许是我对她的赎罪。

一月十四日正午时分，岛田洁打来电话。

“我知道了一件很重要的事！”他开口说道。

“岛田学长吗？”我放下画笔，握紧听筒，“你怎么啦？”

“我查清楚了一条重要线索！”我很少听到他的语气如此兴奋，“飞龙君，你听好了。你在听吗？”

“是、是的。”

“上周听你说完以后，我不是说过要去调查一下二十八年前的那起列车事故吗？”

“是的。”

“我调查过了。虽然费了一些功夫，不过在询问了报社后，我去那儿找了一下以前的新闻报道。”

“后来呢？”

“那是起大事故，媒体连篇累牍地作了报道，但没有提及石块，只说是因为司机酒驾酿成了大祸。”

“司机酒驾？”

“没错。这似乎也是事实。你的行为虽然也是原因之一，但并不仅仅因为这个才导致事故发生。在同一篇报道里，还刊登着那起事故中伤亡乘客的名单。你母亲的名字的确在里面，但令人吃惊的是——”岛田停顿了一下，稍稍压低了嗓音说道，“事故中有五名死者。其中一人的名字是飞龙实和子，那是你的母亲吧？其余四名死者，我都听说过他们的姓氏。”

“听说过？”我费解地问道，“岛田前辈，这究竟……”

“就是说，都是你亲口告诉过我的姓氏。”

“我告诉过你的？”

“水尻、仓谷、木津川，另外一个姓氏是森田。”

“啊？”

“如果我没有记错的话，‘森田’就是那位作家辻井雪人的本名吧？”

“怎、怎么会……”我难以置信地抬起头，“这、这怎么可能？”

“是真的。我也曾在瞬间怀疑过自己的眼睛，但报纸上确实是这样记载的。”

“那么，岛田前辈，你是说现在住在这幢宅邸的人，都与另外四名死者有关？”

“如果是某个姓氏一致，就可以当作偶然，但是全部一致，可就说不过去了。再说，像水尻或木津川的姓氏，并不常见吧？无论如何，我也无法认为这只是毫无意义的偶然。”

“唉，怎么会这样。”

“当然，并不是完全没有‘偶然’这一可能性，但是一般来说……”

这些具有冲击性的事实使我的脑袋快不正常了。

水尻夫妇、仓谷诚、木津川伸造、辻井雪人（即森田行雄）——他们都与二十八年前的那起事故中遇难的乘客有关系？也许，死去的乘客是他们的儿女、父母或兄妹？

“你听我说，我姑且作个假设。”岛田说道，“假设他们是因事故身亡的四个人的亲属。这样一来，他们为什么全部住进你的公寓里呢？咱们来找一个令人信服的理由吧。比如说，假定偶尔同乘那趟列车的水尻君是水尻夫妇的儿子。后来，这对失去儿子的夫妇从你父亲那儿得知事故的原因之一，就是你在铁轨上放置了石块。于是，水尻夫妇决定要向你复仇。当他们得知高洋去世、你要来京都后，便与其他三个人的遗族取得了联系。而后，水尻夫妇将自己知道的真相告诉了其他人，大家合谋制订了复仇计划。也就是说，他们住进人偶馆并不是偶然的，而是被水尻夫妇召集在一起的。”

“岛田前辈，你的意思是说，他们全都是想害我的‘凶手’吗？”

“只不过是一个假设。”岛田说道，“你不用盲目地相信。尽管这是有可能的，但仔细考虑就会觉得太过牵强。也许，用‘偶然’来解释还比较现实。不过，根据刚才说的‘集体犯罪’这一观点，迄今一直无法破解的谜便能得到解决，这也是事实。”

“谜？什么谜？”

“仓库的门！你不是做过种种猜测吗？凶手是怎样潜入上着锁的仓库呢——如果水尻夫妇参与其中的话，潜入正房就是轻而易举的事了吧？那么，仓库的门又如何解释呢？两把钥匙都由你保管，制作备用钥匙是很难的。门锁也没有被破坏的痕迹。可是，凶手为什么能进仓库呢？还有一个开门的方法，就是连同合页一起卸下门板。你也考虑过这种可能性，对吧？但是，仓库的门是个‘庞然大物’，并不能轻而易举地卸下来，没错吧？可是实际情况又如何呢？就算一个人的气力不够，若是五个人，那不是很容易吗？”

我觉得岛田言之有理，可是，并没有随声附和。

“如今只能姑且分析出这些了。飞龙君，你在听吗？”

“嗯。”

“总而言之，请你记住合谋的可能性。可能的话，请你替我试探他们一下，好吗？”

我没有回应，因为我不知道该怎样试探。

“我没有叫你去蛮干，反正你也不擅长做这种事。”岛田体谅到我的难处，说道，“我打算一腾出手来就去你那儿。飞龙君，你觉得如何？还请你多加注意。”

9

那晚，我又收到一封信。这封信依旧是来历不明的人寄来的。

水尻夫人将它送到房间的时候，我犹豫了好一会儿后还是问她：“你们的孩子现在都怎么样了？”

“我们有一个儿子和三个女儿。女儿们都嫁到关东去了，几乎没有回来过。儿子早就病死了。”她回答道，并没有露出怀疑的样子。

老实说，我无法判断她是否是在表演，也不知道“儿子病故”是真是假。

这封没有署上名字的信，样式跟前两份一模一样。

白色信封，黑色签字笔写下的掩饰真实笔迹的字，“左京”邮戳，还有印有灰色竖线的B5尺寸信纸。那上面只写下一句话：

我找到了另一个你。

10

一月十五日，星期五。

傍晚，我来到来梦，在那里遇到了阔别许久的架场久茂。

他的刘海儿依然没精打采地垂着，一看到我，就松了一口气般低声说道：“啊，我可逮着你了！”

“这……”我有点儿惊慌。

架场在我面前坐下，边脱下大衣边说道：“我听老板说，最近你又在这个时间到这个店来了。我觉得，还是应该和你聊聊。”

“所以，你特意来这儿找我？”

“嗯，是啊，可不就是这么回事儿嘛。比起打电话，还是在这儿说比较方便。老板，给我来杯浓缩咖啡。”架场边搓着冰凉的手，边用绿豆大小的眼睛目不转睛地盯着我，“你的情绪似乎已经稳定多了。不过，你看上去又消瘦了，身体情况怎么样？”

“勉强过得去。”我用右手摸了一下自己的脸颊，摸到了稀稀落落的胡茬，“上次真是对不起了。你特意打来电话，可我……”

“噢，你说的是去年的事儿吧？那会儿你感冒了？”

“当时真是很痛苦，无论是和人会面，还是跟人说话，都很痛苦。与其说是感冒，倒不如说是精神上……”

“好了，不必介意。那会儿你刚遭遇了那么严重的变故。除了不负责任地让你打起精神来，我也没有别的什么可做。听说，那之后你在这儿遇到了道泽君？我从她那里听说了许多事，才觉得那时还轮不到我出面。”

“不，不，哪里的话。”听架场提起“道泽君”的时候，我知道自己不由自主地涨红了脸。

架场眯缝着小眼睛说道：“她是个好姑娘吧？成绩出类拔萃，教授们非常喜欢她。下周可能就要回来了。这姑娘也非常担心你。听她说，你们年末去了美术馆，是吧？她也曾邀我一起去，但那时我正要去旅行，所以没去成。”

“啊，是吗？你也受到了邀请？”

“不过——”在老板端来的咖啡里放满了糖，喝了一小口后，架场缓缓问道，“虽然我从道泽君那里听到了一些，但还是想问问你收到那封信之后怎样了，包括写信人的动静以及你的记忆。听说你在画画？”

“唉。”我用分不清是回答还是叹息的声音说道，“画……已经完成了。”

“完成了？你是说……”

“我想起那件事了。”

于是，我下定了决心，决定把一切——过去的罪过以及现在的处境——向他和盘托出。

“架场君，你愿意听我说说吗？”

面对我真挚的发问，架场点了点头。

我说了很久。其间，架场没有插嘴，只是一个劲儿地抽着烟，凝视着我的嘴。

“哦——”听我说完，他一下捏扁了已经空了的烟盒，长长地叹道，

“你是下定决心向我说出实情的吧？你本不想跟任何人说的，是吧？”

“不，恰恰相反。”我说道，“是我忍不住要说的，对岛田前辈也是这样。如果不这样做——如果不跟谁说说的话，我觉得自己快变得不正常了。”

“这种心情，嗯，我很理解。”架场慢慢地点着头，“这下事件的轮廓就相当清楚了。如果像那位岛田调查出的那样，在二十八年前的事故中亡故之人的遗族如今都住在你的公寓里，那么，你可不能麻痹大意。失去亲人的悲痛是相当沉重的，并不能被轻易抹去，特别是在这种意想不到的事故中死亡。我也曾有过同样的经历。”

“同样的经历？”我有点吃惊，“您的双亲不是还健在吗？”

“高堂尚且健在，只是哥哥早已亡故。”

“令兄吗？”

“嗯。你不知道？我有个大自己两岁的哥哥，不过那已是很久之前的事了，不说这个。飞龙君，你怎么办？要去警署吗？”

“警署……吗？”

“有抵触，是吧？去年发生那起火灾的时候也是，因为没有确凿的纵火证据，警察并没有积极地调查。”架场伸直了弓着的背，把垂下的刘海儿拢了上去，“那就干脆停止经营公寓，你觉得怎么样呢？”

“但并没有确定他们就是凶手呀。”

“可是，飞龙君，如果你不肯告知警方，就只能自己想办法了。”

“确实如此。”

“当然，你不能立即停止公寓的出租。另外，我还有一点放心不下——你说昨天收到了第三封信？”

“是。”毫无疑问，这也是我非常在意的问题。

那封信——我找到了另一个你——究竟是什么意思？

“你知道些什么吗？”去年秋天以来，架场曾多次问过我这个问题。

“我不知道。”我摇摇头，回答道。

——2

(……是他。)

** 回想起前些天的深夜里偶然目击到的情景。

(还有另一个他。)

神社内。重叠的两个影子。

(孩子被他杀死了。)

(孩子被……)

毫无疑问，** 那时看到的就是跨越了二十八年的时光，再次浮现出的另一个他的身影。

** 认为这无法饶恕。

在干掉那个男人之前，又多了一样非做不可的事。

(那家伙也非死不可！)

第八章　一月（2）

1

电视里，鼓着两腮的长脸播音员播报着新闻。

我窝在起居室的沙发中，无意中看到这样一则报道——

“自去年夏天起，京都市发生了连续杀害儿童事件。十三日清晨发现加藤睦彦（七岁）的尸体，这是本案第四位受害者。警方今天再次提出这一连串事件为同一凶手所为的推测。残留在睦彦脖子上的凶手指纹证实了这一看法……”

……君！

一月十六日，星期六。晚上九点。

……君！

电视的旁边——面向前院的窗外漆黑一团。傍晚从来梦回家时，外面风雪交加。屋顶，路旁，院子里，都被几厘米厚的雪覆盖了。

新闻结束后，电影剧场开始了。我没有什么特别想看的节目，只是调低了音量，之后便不由自主地盯着画面。

又过了几分钟——也许是九点十五分左右吧。

嘎吱、嘎吱……

我听到地板的响声。

有人沿着外面的走廊走了过来。辻井曾经发过牢骚，现在看来，二楼走廊上的脚步声确实很响。

从脚步声来判断，我觉得这个人不是水尻夫人。她走路的声音更大——也就是说，是辻井打工回来了吧？

这边的走廊与里面的“2－C”之间的门本来是锁着的，但自从上个月辻井搬到那边的房间以后，就经常开着了。这是因为辻井的房间里没有电话，经常要到大厅里接听投币式电话。

打工的地方或是别的什么地方打给他的时候，接听电话的人（一般是水尻夫人）必须要唤他出来。这时，如果关着二楼走廊上的门，就要特意从外面绕过去，那就太费事了。

脚步声慢慢地从房间前面走过。不久，推门声和关门声划破了夜的宁静。

似乎是辻井回来了。

走廊一侧的墙边点着煤油炉，屋子里很暖和。

头部隐隐作痛。说起来，点燃炉子之后，我就再也没有开窗换过空气。

我站起身走向窗边。风依旧猛烈地刮着，但刚才在黑暗中飞舞着的雪已然不见了踪影。

打开窗子的一瞬间，大风猛地吹进屋。我冷得受不了，立即关了窗，合拢上对襟毛衣。

稍做犹豫后，我决定打开通向走廊的门。

腿有点儿不听使唤。脑袋不光是痛，还有点晕——啊呀，这怎么成！这里的空气太浑浊了。

门上不仅上了锁，还从内侧挂着搭扣。这是我为了自身的安全装上的，但不知为什么，此时我对开门换气没有抵触。

也许是门轴不太灵活了，不去管它的话，门向外开至九十度就停住了，刚好挡住与门差不多宽的走廊。

冷空气嗖地流入室内，但没有外面的空气那般寒冷。我边摇着沉重的头，边慢吞吞地回到沙发上。

吵人的脚步声沿走廊传了过来。

我原本一直盯着开着的电视，发着呆；此时，我突然回头向后看去。

“哎呀！”熟悉的声音响起，朝走廊一侧开着的门动了一下，“少爷，你怎么啦？就这么开着门，不冷吗？”

原来是水尻夫人。

我在沙发上欠身答道：“啊，正在通风换气呢。”

我将手贴在额头上，发觉额头上渗着点点汗珠。

“您有什么事吗？”

“没有。我来唤辻井先生听电话。”

“喔，这样啊。”

夫人鞠了一躬，忙不迭跑向走廊深处。门发出嘎吱一声，又恢复到原来的样子。

我看了看表，现在是晚上九点五十分。

头已经不痛了。空气的确清新了许多，屋子已经完全冷了下来。

我从沙发上站起来，打算把门关上。

“辻井先生，”从“2－C”里传来了水尻夫人的声音，我还听到了敲门声，“辻井先生，有找您的电话，辻井先生……”

敲门声越来越响。

“您在屋里吗？辻井先生？好奇怪呀。”

“他不在吗？”我在门旁问道。这怎么可能！三四十分钟前，辻井不是才回到房间吗？

“没有回答呀。”夫人费解地折回我这边，“九点多的时候，我们还在楼下见过呢。”

“那之后我也听到他从这个房间前面走过的声音。他会不会又出去了？”

“可是——”她忐忑不安、面带愁容地说道，“我听到从里面传来了流水声。”

“他不会在洗澡吧？”

“可是，我怎么喊他都没有回答。”

“门呢？锁着吗？”

“锁着呢。”夫人回头看了一眼走廊深处，“会不会发生了什么意外？”

“意外？”

“会不会……在浴室里……”

大概是因为去年发生过那样的火灾，水尻夫人的神色越发不安。

“我去楼下取备用钥匙吧。”

她刚要跑下楼，我说道：“我也保管着一把备用钥匙。”

说着，我回到房间内。作为这幢公寓的所有者，我留有每扇门的备用钥匙。

“请等一下，我这就拿来。”

我小跑着来到书桌前，取出了放在抽屉里的钥匙串。

水尻夫人从我手里接过那串钥匙，再次奔向“2－C”。看着她的背影，我也不由得忐忑起来。于是，我走出房间，追了过去。

“辻井先生！”夫人的喊声比刚才更加响亮，边喊边敲着门，“辻井先生，出了什么事吗？”

直到上个月还处于关闭状态的走廊隔门对面有个小小的楼洞。穿过这个楼洞，右边的最里面就是“2-C”。

“真的很奇怪。您听，是不是能听到浴室的水声？”夫人看着我说道。

我确实听到自房间内传出哗哗的水声。

“我进去看看。”夫人边说边找到钥匙，打开了那扇门，“辻井先生？”

房间内开着灯，但是依然没人回答。

我将双手插在睡袍的口袋里，靠在开着的走廊隔门上，注视着水尻夫人走进“2-C”。

“辻井先生？”

房间的门发出嘎吱嘎吱的声音，随后啪嗒一声被风关上了。水尻夫人的背影消失在我的眼前。正在这时，自我的背后传来了另一个脚步声。

“怎么啦？发生什么事了？”披着茶褐色棉衣的仓谷诚从走廊跑来。他像是刚洗完澡，头发湿湿的。

“请问，发生什么……”

像是回答仓谷的提问般，就在此时——

“啊！啊！”

震耳欲聋的可怕尖叫划破了洋馆的夜空。

“怎么啦？”

我大吃一惊，立刻赶到“2-C”房间。

“水尻夫人！”我刚一打开门，就和连滚带爬般跑出来的夫人撞了个满怀。

“怎么啦？到底出了什么事？”

“死、死、死……”她拼命从房间里逃出来，用惊人的力气将我的身体撞到了房间外面，旋即软绵绵地坐到地板上。“死……那个、辻、辻井先生，他、死、死了……”

“你说什么？”

“在浴室里，辻井先生，死了。”

我几乎什么都没考虑，条件反射般迅速行动起来。

“仓谷先生，拜托你照顾她一下。”我将水尻夫人交给大学研究生后，立即跑进“2－C”。

浴室的门位于房门左侧。大概是夫人想要看看浴室里面的情况吧，那扇门半开着，从里面传来了流水的声音。

(辻井死在了浴室里？)

浴室中水汽升腾，从某处一个劲儿地流出热水。

淋浴用的喷头软管在浴室的瓷砖地上盘成一团。我冒着热气向前走去。

随后——

我的目光落在他的脸上——他的脸在水中“晃动”。在想发出叫喊的同时，我的喉咙里涌上了一阵呕吐感。

正如水尻夫人所说，辻井雪人死在了浴室。

他的双脚伸出白色的浴缸，上半身却还浸没在热水之中。

2

“所以，最后认定那个叫辻井的人是自杀？”暖气给屋内带来温暖，可希早子还是边说边抱紧了自己瑟瑟发抖的身体。

“是的。”我点了点头，喝了一口咖啡，“他没有留下遗书，但房间内似乎留有他的日记——更确切说是手记。那上面写下了一切。”

“他是杀害四个孩子的凶手？”

“嗯。如何动了杀害小孩子的念头、犯罪过程等，都被记录下来。辻井似乎因为创作陷入瓶颈感到非常苦恼。报纸和电视里也报道过这些事儿吧？”

“据说，他认定写不出东西都是因为孩子。报纸上是这么写的。”希早子皱起眉头，诉说中夹杂着叹息，“真差劲！”

“听说他已经不单单是神经衰弱，叫什么来着？好像陷入了一种疯狂的精神状态。他确实有这种倾向。”

“疯了吗？”

“就是这么回事儿。我曾经对你说过吧？他去年夏天开始埋头创作的那部小说。”

“以飞龙先生的家为舞台的那部《人偶馆事件》吗？”

“是的。”

尽管屋内不冷，我还是哆嗦了一下。

“都记在他那引人注目的手记上了。”

“为什么？”

“就是说，他详细地记录下自己的杀人过程，这已经成了他的‘创作活动’，恐怕连他自己都没有意识到吧。”

“好残忍。”希早子叹息着，将目光投向窗外。

一月二十日，星期三傍晚。昨晚接到了返回京都的希早子的电话，我们便在今天到来梦会面。

前天，她在老家看了报纸，知道了辻井雪人的死讯以及他就是凶手。她说本想立即和我联系，但因为第二天就回京都，所以直到昨晚才打来电话。

架场久茂在十八日晚上打过电话来，原本今天他要和希早子一起来的，但临时有事来不了了。

上星期六晚，发现辻井雪人的尸体后，公寓内一片混乱。

让仓谷报警后，我陪在水尻夫人身旁。不久，几辆警车和大批警察就赶到了。警察们进行现场取证，并向我们连连发问。

辻井在浴缸内断了气——被割断颈动脉造成了大量出血。估计他死前已经昏迷，而后沉入热水中。据说从肺中检验出了大量的水，因此直接的死因应该为溺死。

割断颈动脉的刀具掉在浴缸旁，尚未证明那是辻井的东西。

最后他的死被判定为在异常的精神状态下自杀。警方也考虑过他杀的可能性，为此，我和水尻夫人等住在“人偶馆”里的人都不得不接受讯问。

在讯问和进行现场取证的过程中，他杀的设想被否定了。在明确他就是连续杀害儿童事件的凶手之前，有几个物理上的情况显示这起案子只能是自杀。

简单说来，就是推理小说中经常使用的“密室”。就是说，辻井的死是在其他人绝对不能进入的密室里发生的。基于这样的理由，这起案件只能被认定为自杀。

首先是辻井的房间“2-C”的状况。

正如我和水尻夫人所作证言，那个房间的门锁着。经过警方的检查，证实房间里的窗子全部从内侧锁着，但光从这点考虑的话，也有可能是凶手事先配了备用钥匙，所以无法下结论。重要的是接下来的发现——“2-C”的外面，还存在着另一个“密室”。

辻井的死亡时间。

他打工回来的时间是晚上九点左右。关于这点，在楼下大厅见过他的水尻夫人和其后听到脚步声的我都可以证明。准确来说，我听到他的脚步声是九点十五分。

打工的地方通知辻井调整工作日程的电话是半小时后打来的，所以发现尸体是晚上十点左右。尸检的结果也证实了他是在这段时间遇害的。(见图四)

那么，在这段时间里凶手是如何潜入“2－C”杀死辻井后逃走的呢?

具体说来，进入那房间必须通过下面两条路径中的一条：

通过二楼的走廊，绕到“2－C”前面的楼洞。

从建筑后面绕进去，由一层楼洞的后门进来。

匆匆赶来的搜查员在弄清任何人都没有潜入“2－C”以及一二层的楼洞后，又查看了一下后门——那一带堆积着自傍晚开始下的雪。

八点前雪就停了。因此，假定凶手利用后门潜入房间，行凶后逃走，那么，雪地上应该会留有脚印——但没有任何痕迹。

不仅是门口附近，搜查员还确认了自前院至玄关以及与此方向相反的“1－D”——木津川伸造的房间——的入口处，依旧是脚印全无。

二层楼洞有一个北向的小阳台，但通向阳台的门从内侧锁着，而且外面的雪也并无异样。

一层楼洞另有两扇通往其他地方的门。一扇是与一楼走廊的隔门，另一扇门通向“1－D”。这两扇门目前都无法使用，这是一目了然的。也就是说，前者被放在楼洞一侧的大壁橱堵住，无论如何也无法打开，而后者自大厅一侧钉着的木板，已经被封死了。顺便要

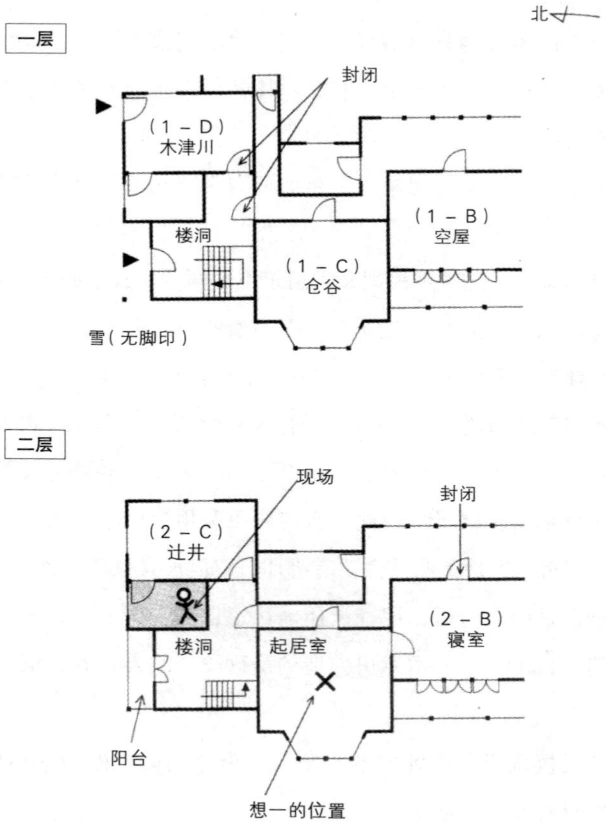

北

一层

封闭

（1 – D）
木津川

楼洞

（1 – C）
仓谷

（1 – B）
空屋

雪（无脚印）

二层

现场

封闭

（2 – C）
辻井

楼洞

起居室

（2 – B）
寝室

阳台

想一的位置

图四 人偶馆（局部）

说的是，当晚木津川和往常一样出去工作了，“1－D”里一个人都没有。

因此，剩下的路径就只有一条，即二楼的走廊。但是，凶手绝对没有经过这条走廊——我可以证明这一事实。

辻井回到房间是九点十五分以后，从那时起到水尻夫人叫他听电话的这段时间里，没有任何人经过那条走廊。

在那段时间里，我一直待在起居室，心不在焉地看着电视。如果真有什么人自房间前面走过，我应该会察觉。

不仅如此，那期间，我为了通风换气，把走廊一侧的门敞开。门向外侧开着，堵住了走廊。如果有人想去“2－C”，就非得推开那扇碍事的门不可。即使我背对门坐着，也不会察觉不到推门声。

只要凶手不是可以从堵住走廊的门上方跳过去的猫科动物，那么，他绝对无法无声无息地从这里通过。

弄清楚这些细枝末节，又发现了手记，警方更加确定辻井是自杀的。将连续杀害儿童事件中凶手残留的指痕与辻井的指形进行对比，手记内容的真实性也由此得到了验证。

“对了，飞龙先生，我也想了想，”希早子突然用郑重的口吻说道，“你说，会不会从去年起一直想要害你的也是这个辻井？”

前天和架场通话时，他也指出了这种可能性。

“你觉得会吗？”我稍稍低下头。

她眨眨大眼睛说道：“不是没有这种可能性吧？对四个无辜孩子都能下得了毒手的男人，如果算计飞龙先生的财产……啊，这个是我今天从架场老师那里听说的。这也是有可能的吧？要是这样的话……”

“你是说，放火烧了这个家的也是他？”

“我觉得他不会下不去手。”

“经你这么一说，倒也是啊。”我闷闷不乐地应着，差不多认同了希早子的想法，即这一切全是由辻井引起的。

我不清楚他是否知晓二十八年前我的“罪过”，但即使一无所知，他所有的疯狂举动却都与之相呼应。

“是吧？”说着，希早子那淡粉色的唇畔绽放出微笑，“一定是这样的。所以，飞龙先生再也不必担心什么了，对吧？”

“是呀。”我暧昧地点了点头。

（再也不必……担心什么了。）

（真的是这样吗？）

我愿意这样想。但是，至今依旧有个解不开的结——

我找到了另一个你。

最后寄来的信上写着这句话。那到底意味着什么？

“啊，对了，”希早子面带笑意，“今天我还从架场老师那里听说，飞龙先生的朋友，那位姓岛田的，就快到京都来了吧？”

“他什么都说了啊。”我不由得苦笑起来，“他现在好像很忙。不过，他说过一有空就来。”

“要是他来了的话，请让我见见他。”

“你对岛田前辈感兴趣吗？”

“没错，很感兴趣。”希早子调皮地眨了眨眼睛，“我呀，怎么说呢，不怎么跟同龄人聊天，即使聊也觉得没什么意思。倒是像架场老师、飞龙先生这些比我大的人，有着很多我没有的经历，对吧？所以……”

3

遥远的，过于遥远的，二十八年前的孩提时代。

那一日。那个场面。那个声音。

高高的天空。凉爽的秋风。鲜红的花朵。蹲在铁轨旁的我。手握石块的我。从远处传来的列车的轰鸣。

景色突然一变，出现了脱轨翻覆的列车残骸。

倒在地上，弯曲压扁的黑影。

妈妈，你在哪儿？妈妈！边哭边呼唤着母亲的我。

……鲜红的花朵……

（嗯？）

……染血的天空……

（这是……）

……拉长的两个……

……两个黑影……

（这到底是什么呢？）

……流水……

……摇曳的水面……

（这是……）

……君！

……君！

……君！

……君！

（……君？）

辻井雪人已死，与阔别多时的希早子会面，这些燃起了我心中的希望，也摇曳着昔日的风景。

想睡就睡，想起就起，在来梦喝咖啡，在工作室画母亲的肖像。接到希早子打来的两个电话，我的心犹如情窦初开的少年般怦怦直跳。

就在这样波澜不惊的日复一日中，不祥的预感却渐渐抬头。我开始真切地感觉到那“摇曳”的风景在“成长”。

一月二十五日星期一的下午——此时，我不得不承认自己的预感应验了。

从“他”那里寄来了第四封信。

回想起来了吧?

你已经全都回想起来了吧?

我干掉了另一个你。

下一个，就轮到你了。

就在我准备去来梦、走到楼下大厅时，水尻夫人将那封信交给了我。看到信封上熟悉的字迹，我体会到了“心脏停止跳动”的感觉。

(凶手不是辻井。)

(果真不是辻井啊！)

“他”还活着。

尚在人间的“他”依然要加害我。

本欲走向玄关的我逃命似的折回工作室，用颤抖的手打开信封，读着里面的内容。

“我干掉了另一个你。”

我的目光被这句吸引住了。

(我干掉了另一个你?)

这是什么意思呢?

(这到底是什么?)

我的大脑瞬间一片空白。

（这是什么？）

（莫非……）

（莫非辻井雪人就是另一个我吗？）

最近除了辻井，我身边没有人死去。写信的那位“干掉”了辻井吗？而且，他想告诉我辻井就是“另一个你”吗？

但是——

辻井是自杀的，这是毫无疑问的事实。或是——

或是那晚“他”用我们没有想到的某种方法潜入了“2–C”吗？

困惑，疑虑，恐怖。它们交织在一起，在脑中变成旋涡。此时——

……染血的天空……

头部再次微微感觉到了麻木。

……长长拉伸的两个……

忽隐忽现着的风景是——

……两个黑影……

（染血的天空。）

这并非当时的天空，并非那个时候——我想阻止列车时的天空。

（两个黑影。）

那两个黑影是什么？啊，对了，这也记错了。黑影并非铁轨，并非是铁轨，而是——

（两个孩子的身影？）

……流水……

形状有异的谜之碎片。

……摇曳的水面……

形状有异。

……君！

……君!

(……君?)

……君!

(……君!)

……君!

“回想起来了吧?”“他”问道,“你已经全都回想起来了吧?”

“唉……”我慢慢地摇着头,深深地叹了一口气,“天啊……原来是这样!”

形状有异的谜之碎片,原来是——

没错,这不就是画那幅画以来一直感到的“不协调”吗?

有所不同。某些地方有所不同。

比如说,那“染血的天空”或是“两道黑影”。

对啊,原来是这样啊!

不是还有另一道应该回想起来的风景吗?

4

二十八年前的秋日。

六岁的我是个生性怯懦、身体孱弱、畏惧父亲、喜爱母亲、总是躲在母亲背后的孩子。

那一日,由于一心想要挽留母亲,我犯下了过错。得知母亲的死讯后,我明白了自己犯下的错误。走投无路的我向父亲吐露了实情。他命令我忘记一切。于是,我听从了他的吩咐。

可是——

母亲的葬礼结束不久,有人对我耳语——

“我呀，很清楚。”

那是住在同一町内、熟识的某个伙伴的声音。

“我呀，亲眼看到了。”

我追了过去，可他咧着嘴，笑着逃走了。

我想那是在放学的路上。我们不知不觉来到了大河岸边。

“你在铁轨上放石块了吧？”

血色的天空。夕阳染红了河滩。

“我可是全都看见了！”

随风摇曳的彼岸花。

“我还没告诉别人。”

我和他的两道身影长长地被拉伸着。

“你不希望我告诉别人吧？”他边笑边靠近杵在那里的我，“要是被大家知道了，那可不得了呀！你可是杀人凶手呀！”

那是个比我高的男孩。我想他似乎比自己更早入学。

他用手指戳了一下我的肩，拿走了我头上的棒球帽。

“这个，送我了。”他边高声笑着，边将从我头上抢走的帽子戴到自己头上，“今后你什么都得听我的！要不然，我就把你干的好事对大家讲一讲——飞龙是杀人凶手，你是杀人凶手，是杀人凶手……”

杀人凶手。

他这样喊我。

他转过身，两手叉腰，边看着流淌的河流边又咧着嘴笑道：“听到没？喂，你倒是吱一声呀！”

说着，他回过头来看向我。

“嗯？杀人凶手飞龙，你连自己的母亲都杀死了。”

一瞬间，幼小的心灵中迸发出火焰。

啊！我声嘶力竭地喊着。我发了疯似的低下身子，向他冲了过去。而后——

沐浴在夕阳下、闪烁血红光芒的河面上溅出了水花。

我手中拿着夺回来的棒球帽。那是母亲买给我的。他被我顶倒，跌下堤坝，滚入河中。

河水很深。水流湍急。

他似乎不善游泳，边胡乱地挥动双手，边拼命地想抓住水泥堤坝，但他很快就筋疲力尽，最终被流水吞没。

“君！”直到他的身影完全消失在急流之中，我才喊出了声，“君！”

……

……

我想起来了，居然还发生过这样的事情。

“……君！”——那是我在呼唤他。

我找到了另一个你。

我总算理解了写信人的意思。

“他”知道了辻井雪人就是杀害儿童的凶手，并且将我二十八年前的“罪”与辻井的行为重叠在了一起。

因此，“他”带着“审判”的意识杀害了辻井雪人，并将我视为下一个目标。

(北白川水渠中孩子的尸体。)

是的，没错！

这么说来，去年八月在来梦第一次感到“晃动”的时候——

映入眼帘的新闻报道。那天不仅刊登了有关列车事故的报道，还有杀害儿童案件的报道——这也是唤起往日记忆的原因之一。

“北白川渠中发现他杀致死的儿童尸体。”

那篇报道暗示了我。

北白川水渠内的尸体。浮在河里的尸体。

列车事故。

杀害儿童。

正如“他”希望的那样，我已经回忆起这两桩深重的“罪孽”。唯一想不起来的是那个孩子的名字。

“……君！”

我模模糊糊地回想起他的脸。

圆脸，目光倔强，细细的茶褐色的双目。

（……君！）

名字，那个男孩的名字是……

（……君！）

不行，想不起来，无论如何也想不起来。

“下一个就轮到你了。”

“他”如此宣告。

也就是说，继杀死母亲沙和子和辻井之后，这次终于轮到我了。我还是非死不可吗？

我的脑海中浮现出道泽希早子的笑颜，耳畔响起岛田洁热情的声音和强有力的话语。

我不想死。

不管有什么样的理由，不管自己犯下怎样的罪过，我都不想死。

耳畔响起了电话铃声。

（啊……是岛田前辈！）

我祈祷般拿起了听筒。

5

“原来是这么一回事儿啊。也就是说，辻井雪人被凶手当作‘另一个飞龙想一’而惨遭毒手。”岛田说道。

我已经将所有的事都告诉了他。

“可是，飞龙君，考虑到刚才你说的那些情况，我觉得辻井绝对不可能是被什么人杀死的，不是吗？”

“是的。”我隔着电话向岛田前辈用力点了点头，“那屋子应该没有人能进得去，可偏偏就……”

“密室呀。”岛田低语道，“你说出事的那个房间的窗子是从内侧锁着的，对吧？那锁有可能被人动了手脚吗？”

“在推理小说中出现的那种用针线什么的从外面上锁吗？”

“是的。”

“我不清楚，但是那大概做不到吧？辻井的房间在二楼，窗下的积雪上没有任何痕迹。”

“没有脚印？”

“没有。”

“这样啊。那一楼的两扇门不能开关，这点也没错吧？”

“没错。”

“而且，没有任何人从你的房间前面走过。这样看来，如果坚持认为辻井还是他杀致死的话，那么就仅有一个可能性了。”

“啊？可能性？那是什么？”

“水尻夫人就是凶手。”岛田毫不留情地说道。

我吃惊地叫出声来。

“我考虑过这种可能性。她用备用钥匙进屋时，辻井还没有死。

她把你留在外面，自己进屋杀死了正在洗澡的辻井。其后，她装出一副发现辻井早已死在那里的样子。”

“可是，这……”

“你无法认同这种可能性吗？”

“是的。”

“那个，是啊，我也无法认同。我知道，这个想法显然很奇怪。比如说，水尻夫人拼命叫门，但那个时候应该还活着的辻井为什么不作答呢？六十一岁的水尻夫人有可能那样大胆且迅速地犯下罪行吗？突然有人闯入浴室，辻井为什么毫无反应呢？如果他喊出来的话，你应该听得到吧？此外，还有好多无法解释的问题。”

“……”

“嗯，算啦，我也认为水尻夫人的嫌疑可以排除，可是，如此一来案件就越发不可思议了。凶手究竟是怎样闯入辻井的房间并逃走的呢？飞龙君，你知道吗？”

我什么也说不出来。说句心里话，我完全没有头绪。

“不知道吗？我觉得我已经暗示得很充分了。”岛田说道。

“暗示？”我吃惊地反问道，“岛田前辈，你是说你已经知道了吗？”

“大致吧。从逻辑上考虑的话，只有那种方法了。让这种方法成立的条件也已经具备了。”

“请告诉我，”我说道，“凶手是怎样……”

“刚才我说过已经暗示你了，对吧？而且，你第一次听到相关的消息，是在前年秋天。”

“前年的秋天？”

那是我在静冈医院的时候。

“是的。前年秋天，你听我亲口说出的那件事。怎么样，想起来了吗？”

岛田亲口告诉我的消息？他到病房里探望我时，亲口……

我想起来了，那就是——

“中村青司？”我突然回想起来，脱口而出，“你是说这个‘人偶馆’和他有关吗？”

“是的，就是这样。”

“可那为什么……”

“你不记得了吗？当时我也说过吧？奇特的建筑师中村青司——在他接手的设计中，肯定会出现的某个特征。”

“我想起来了。”我好不容易才明白岛田想要说什么，“这么说来……”

前年秋天，刚刚参与了冈山的“水车馆事件”的岛田给我讲述了自己的冒险故事——中村青司建造的奇妙馆建筑，在建筑内发生的杀人事件，以及……

“他喜欢做些机关，对吗？”

“你终于想起来了。我应该早点儿指出这点。”岛田说道，“在他亲自设计的建筑中，一定会装上一些小孩子恶作剧般的机关——中村青司就是有这种爱好，也可以说是怪癖吧。听说有的时候，他和委托他建造房屋的人商量之后，会做出一些暗橱、暗道，或是秘密房间；甚至有时会擅自做主，偷偷做些机关。”

“那么，岛田前辈，你是说我家里也有这种机关？”我问道。

“恐怕是这样。”岛田答道，“至少辻井的‘2－C’房间，或是外面的楼洞的某处，一定会有暗道。”

“暗道……”

“这就是解开密室之谜的答案——凶手不必使用一楼的后门，也不必从你的房间前经过。利用在某处的暗道，凶手既不会在雪地上留下脚印，也不会被你察觉，便可闯入辻井的房间，再顺原路逃走。”岛田断言。

接着，他继续说道：“另外，我认为你用来做工作室的仓库中，恐怕也有一条相同的暗道。”

“这里也有暗道？”我情不自禁地环顾了一下所在的空间，“在这个仓库的某处吗？”

“是的。去年在那个仓库里发生的‘杀害人偶事件’，说起来也发生在完全的密室之中吧？要配出备用钥匙可不容易。前些时候我们探讨过卸下整扇门的方法，但这总让人觉得有点儿离谱。既然中村青司与这座建筑有关，那么，存在暗道的概率就很高了。也许被烧毁的正房某处也设有类似装置。倘若如此，凶手即使没有备用钥匙，也能随意出入正房。”

中村青司建造的“人偶馆”。馆内各处的暗道。

我浑身颤抖，再次环视宽敞的仓库。

发黄的厚实泥墙。铺着木板的黑色地板。高高的天花板。交叉的粗梁。小小的透气窗。那通道的门，究竟隐藏在什么地方呢？

凶手在任何时候都能利用暗道闯入这里。我身处仓库时，或许那凶手也潜伏在门后，窥视着他的“猎物”。也许——没错，也许此刻他也……

“岛田前辈，”我拼命地抑制着想要大叫的冲动，对着话筒挤出了犹如喘息般的声音，“今后我该怎么办才好？”

——怎么办才好呢？

我被“他”监视着。无论怎么小心，“他”还是能利用我不知道的那条暗道潜伏在我的身旁。

“飞龙君，你不必害怕。”岛田说道，“只要多加小心就好了。人呀，是不会轻易被害死的。”

“可是，岛田前辈……”

“倒是你刚才提起的另一桩‘罪过’，”岛田突然放低声音，“我怎么也放心不下。”

他几乎是自言自语般低声说道：“我说，飞龙君，你怎么也想不起那个被你撞入河里的男孩的名字吗？”

“是啊。”

“这样啊。等等！啊，那是……”

“什么事儿？”

“嗯？没什么，稍等……”岛田含混说道，“让我想想……”

“岛田前辈！”我大声呼唤着他的名字，“岛田前辈，我求求你，请你快点过来！”

“飞龙君……”

“我一个人的话，无论如何也没有能力保护好自己。要是你肯过来，那样的话……”

“可是你听我说，就算是我……”

“你还脱不开身吗？”

“不，这倒不是。”

“请你快来吧，岛田前辈。”不知不觉之中，我的眼中饱含泪水，“拜托了。请你快点到我这里来好吗？”

“我知道啦。”岛田回答道，“我知道了。总之，我去趟京都好了。刚才，我突然想起一件事。这样吧，两三天内我一定动身过去。所以说，飞龙君，在此之前姑且对谁都不要放松警惕，好吗？”

——1

** 笑了。

笑声停留于喉咙深处。

(已经杀死了那个当妈的。)

紧闭的唇角冷酷地吊了起来。

(也干掉了另一个他。)

一切都是那个男人的罪孽。那男人——飞龙想一——的罪孽。

下一次，下一次就轮到那男人。不对，让我想想，在此之前……

(在此之前……)

对了，在此之前还有一人，还有一个必须干掉的家伙。

还有一个人，仅仅还有一个人。

(那个女人也该杀！)

* * *

被人跟踪了。

突然有这种感觉。

从刚才起，就被什么人跟踪着。

道泽希早子停住脚步，下意识地竖着耳朵听了听。她觉得有个脚步声在某处也停住了。

她悄悄地回头向后看去。

这是位于今出川大街北侧的 K** 大学农学部院内。

自大门笔直延伸过来的林荫路。在这些银杏树中，一排路灯闪烁着灰白的光。

那情景犹如一幅褪色的黑白画——耸立在道路两侧的四角形研究大楼那毫无生气的灰色影子；隆冬时节无情的冷风将枯叶吹得沙沙颤抖。

夜晚的校园里人迹全无。

（是心理作用吧？）

希早子瞥了一眼手表，再次迈开了腿。

实在是太晚了，早已过了十二点。

一月二十八日，星期四。希早子从傍晚起留在共同研究室工作——那是架场久茂委托的工作。

架场边当他大学的助教，边参与一家让人觉得有点异样的规划公司的经营。他时常将自己承包的工作转交给希早子来做。博览会的奇妙展览馆，大阪某个祭典的游行……工作的内容形形色色，挺有意思，但做出的规划没有多少被实现。尽管如此，拿到手的报酬还是很丰厚的，所以有了委托也不好说不做。

这回听说是市内某室内装饰公司下的单，让他们研究一下附在宣传册子照片上的说明。听完第四节课后准备回家的希早子刚在研究室一露面，架场便说“来得正好”、“正在发愁呢”，接着硬是把这份工作塞给了她。

希早子一问，才知道这工作无论如何也得在今天完成。反正也没什么要紧事，所以她接了下来。然而，事情并没有她想得那么简单。

由于被附加上种种苛刻的要求，直到刚才，她才完成了大约二十页的规划。

“哎呀，辛苦你了。”架场舒了一口气，“已经很晚了，我开车送你回去吧？”

“算啦，架场老师自己那份还有不少没完成吧？不赶紧完成怎么行。”

被希早子这么一说，架场苦笑着挠了一下他那恣意生长的长发。

“你还真是本性难移呀！一定要把工作一直拖到非做不可的时候。如果我不来，你打算怎么办呢？”希早子打算“报复”一下让自己这样辛苦的架场，稍带讽刺地说道。

“本来不应该是这样的。”架场揉了一下蒙眬的睡眼，“昨天突然想出趟远门。”

“出远门？”

“嗯，就像是当天往返的旅行一样。”

“停课去旅行？”

“嗯。”

“去哪里了？”

“好啦好啦，我打算过些时候再慢慢告诉你。”架场的口气犹豫不决，又挠了一下头发。

“道泽君，你可要小心呀。不送你真的没关系吗？”

“不用担心。”

“太感谢了。你可帮了我的大忙！”

要是不跟他客套，让他送我回去就好了——现在，希早子有点后悔了。

平时从大学回公寓时总是经过这条路，但还是第一次夜半时分独自回家。

咔嗒、咔嗒……高跟鞋的声音在柏油路面上回响着。希早子看着伸向前方的漆黑影子，渐渐地产生了错觉。她觉得影子渐渐不再属于自己，眼看就要自己舞动起来似的。这可怕的错觉使得希早子毛骨悚然。

她心想，我这是怎么啦？

（我怎么变得这么胆小？）

三天前——星期一晚。希早子打电话到飞龙想一家。他那时说过的话又回荡在希早子耳畔。

他说自己回想起了一切。

他又收到了信；辻井雪人不是要加害自己的罪犯，而是被真正的凶手当作另一个飞龙想一而杀害的；二十八年前，自己的另一桩“罪过”；岛田洁指出人偶馆中有中村青司建造的暗道。

飞龙用颤抖的口吻讲述了以上这些事情。

“只是还有一件事，我怎么也想不起来。”他继续说道，“二十八年前被我杀死的男孩的名字。只有这个，无论如何我也想不起来。可我听得到声音，听得到我喊他的声音。不过，我喊的是‘……君’，只有那名字我怎么也想不起来。”

第二天，希早子将这些话也转告了架场。于是，架场哭丧着脸，嘟嘟囔囔地自言自语起来。

飞龙想一。

他的表情，他的声音，他的话语——希早子从中感到深深的阴影，并因此感到恐惧。希早子觉得他身上有一种彻底抛弃自己、任由自己漂泊至远方的沉静。

虽然知道凶手要加害自己，但他不想闹得人尽皆知。当然，他也不是完全无动于衷。他害怕，他为之痛苦，他严加防范，但总觉得他的内心深处似乎已经绝望。

倘若希早子处于飞龙的境地，她肯定二话不说，立刻跑到警局求助。警察虽然不会为了几封恶作剧信件就大张旗鼓地进行调查，但尽管如此……

架场也真是的，他为什么不更积极地帮助他的朋友呢？

飞龙想一是希早子从未遇到过的那种类型的人。因此，从十二月在来梦相遇以来，希早子时常给他打电话，和他聊聊天，或是干脆见个面。虽然不会发展出特别的感情，但从另一个方面来说，背负着阴影的他有着某种不断吸引着自己的魅力，这也是事实。

（他现在怎么样了呢？）

“下一个就轮到你了”——收到这种最后通牒，现在他会以何种心情度过这个夜晚呢？

飞龙先生说过，再过不久，那个叫岛田洁的人就会来京都。只有在说到这儿的时候，他的声音才稍稍平静了一些。

（他……）

希早子想起飞龙邀请自己去工作室时看到的画作。当时，她多少有点吃惊。

自那幅被取名为“季节虫”的奇怪风景画开始，在飞龙的工作室中见到的每幅画作，都存在着或多或少的“死亡”象征。

会不会是孩提时代的可怕经历使得他画出那样的画？利用大量原色，绘出各种各样令人毛骨悚然的沉重的“死亡”。这些画中，最令人震惊的就是……

（到底，那是什么？）

嗒、嗒、嗒、嗒……

希早子感到自己的脚步声里混杂着一种不一样的声响。

（还是……）

希早子再次站住了。

（有人跟踪我吗？）

她不敢回头去看。

她心想，反正现在回头去看也和刚才一样，看不到人影吧？但是……

前方可以看到后门。穿过这道门就是 M** 大道了。

（究竟是谁想要对我……）

（是谁？）

心跳突然加快了速度。

来到 M** 大道，向右拐去。不要说行人，就是连车灯也看不到。

走了一阵后，被人跟踪的感觉依旧没有消失。希早子还是不敢回头，她总觉得有某个人目不转睛地盯在自己身后。

希早子的神经紧张起来。

不久——

她在交叉的十字路口向左拐去。拐过来之后，她才觉得这是个错误的决定。

道路右侧是那条浮起被辻井杀害的儿童尸体的水渠，左侧是一道长长的围墙，眼前则是一条人迹全无、黑暗狭窄的小径。

希早子想要折回绕到其他道路上去。她刚刚转过身，就不由得“啊”地喊出声来。M** 大道的拐角处有一个人影。

（糟了！）

她在心中惊叫一声，立刻条件反射般奔跑起来。

水流声。寒风呼啸声。寒冬枯萎的树枝随风狂舞之声。这些声音与希早子慌乱的脚步声交织在一起，令黑夜瑟瑟发抖。本应平坦的道路似乎也随着这些声音如波浪一般起伏。

她仿佛被人从现实中突然抛了出去，刹那间掉进了扭曲的时空缝隙，扭曲的球形深渊，或是充满高黏度空气的封闭椭圆空间之中。

她想要在“波动”的地面上站稳，却还是一下子倒在路上。

脸颊上传来柏油路面的冰冷触感，不知是泥土还是铁锈，那令人讨厌的气味占据了鼻腔。她的双膝隐隐作痛，还有——

什么人的脚步声在渐渐靠近。

（糟了！）

非跑不可，可身体却不听使唤。

想喊也喊不出声。是疼痛的缘故，还是焦急的缘故？

“必须杀了你。”

希早子隐隐听到了压低嗓门、没有抑扬顿挫的声音。

“必须杀了你。”

几乎与此同时，右肩感到一阵剧痛。那里被人用坚硬的棒状物打到了。

（为什么？）

希早子不明白为什么自己会遭遇这么倒霉的事情。

（为什么？）

又是咻的一声。

“啊！”

这次，背部被击中了。

“住、住手……”她好不容易才挤出声音，“不要，救命啊……”

呼救也是枉然。她听到凶器第三次挥起的声音。

完了，要死了——希早子紧紧地闭上了眼睛，绝望了。

就在此时——

“住手！”附近有人大喊道。

（啊？）

“住手！”

错乱的脚步声疾驰而来。

“不能杀她！”

（啊？）

更加凌乱的脚步声。紊乱的呼吸声。

倒地的希早子刚要抬起头，一样细长的东西便被抛到了她面前。

（这是……）

就在她抬眼看清那东西的一瞬间，喉间不禁一紧。

某样细长的物体……那是条胳膊，一条好似从肩部拧下来的雪白的胳膊。

“你还好吧？”那男人问道。他将手搭在倒地不起的希早子的胳膊上，搀起了她。

“啊……”

右肩与背部的疼痛使得希早子不禁喊出了声。

“真是千钧一发啊！伤势如何？很痛吗？嗯，现在没事了。骨头没有问题吧？”

“请、请问……”希早子慢慢爬起来，战战兢兢地看了一眼对方的脸，“你是……”

“你是道泽希早子小姐吧？”男人抽回手，用有力的声音回答道，“我姓岛田，岛田洁。我听飞龙君说起过你。今天，我刚从九州赶过来。”

“岛田……”

“听我说，我觉得今晚不会再有事了，你马上回家，锁好门窗，好吗？明天……哎呀，已经是今天了，今天中午十二点整，请你来一下人偶馆，没问题吧？那时一切都会明了。”

他语速很快地说了一通，便丢下希早子，匆匆忙忙地离开了。

第九章　一月（3）

——1

一月二十九日，星期五。

在京都阴暗低沉、令人忧郁的冬日天空下，我站在目标建筑的前面。

紧缩着暗绿色叶子的山茶花的树篱。立在树篱间的灰色石制门柱。破旧的门牌——“绿影庄”。

极度寒冷。

刺骨的寒风吹乱了头发。我边用冻僵的手按着它，边抬头看向门内的二层西洋式建筑。

飞龙想一的家——中村青司建造的人偶馆。

深灰色墙壁。青绿色屋顶。乳白色法式窗。建筑物的一切都因严寒而蜷缩着。荒芜庭院中的树木垂着枯萎的黑色枝条，看上去犹如将建筑物揽入怀中的巨大笼架一般。

中村青司建造的人偶馆。

我带着难以言表的心情走向洋馆的玄关。

在穿过对开门时，我发觉昏暗的内厅里有一个人影。那是个体格健壮的男人。

我走进大厅，站在右侧的男子吃惊地看向我。他那张四方脸上戴着一副墨镜，右手握着白色的拐杖。

显然，这个男子就是这幢公寓的房客之一——按摩师木津川伸造。

“你好。”对方向我打着招呼。

我曾听飞龙提起过，说木津川和在路上擦肩而过的人打招呼，以此来占卜当天的运气。和我打招呼也是出于同样的原因吗？还是因为身处公寓中，以此判断进来的我是哪位房客呢？

“啊，你好。初次见面。”我向走过来的他回礼道，“你是木津川先生吧？我叫岛田洁，是飞龙君的朋友。他跟我提起过你。你这就去工作吗？”

“啊？”他出乎意料般地歪了一下头，“您是……岛田先生吗？”

“我是来解决发生在这人偶馆里的事件的。管理员的房间在哪儿？啊，是那个房间吗？”

“是的。”

“我已经知道你是无罪的，请你放心。”

我从木津川身旁走过，在管理员的房间前停了下来。按摩师边嘟嘟哝哝地自言自语着什么，边拄着拐杖咚咚地走向玄关。

我敲了一下“1-A”的门。

“来了，来了。”

我听到不耐烦的应门声。门打开后，一位脸上满是皱纹的驼背老人出现在我面前。

“你是水尻道吉先生吧？”我说道，“很抱歉，我突然到访。我姓岛田，受到飞龙君的邀请到这儿来。他现在在哪儿？”

“你说什么？”老人把手掌贴在耳后，向前探着头问道，“啊？你说什么？”

看起来，他相当耳背。

“我呀——”我扯着嗓子说道，“有重要的事。飞龙君他……”

“他怎么啦？”

这时，从屋子里走出一个人来，是位系着围裙的白发老妇人。她就是水尻纪祢吧？

“哎呀，对不起。我在厨房里干活儿呢，所以……”

“飞龙君他在哪儿？在自己的房间里吗？他的屋子在二楼吧？”

“啊？”老妇人瞠目结舌，“这个嘛，少爷……”

“他不在吗？还是在那间仓库里？难道他外出了吗？啊呀，这可麻烦了。我有件重要的事要告诉他。”

“请问……”

“算了，没事儿。对不起，打搅了。哎呀，我可不是什么来历不明的家伙。我是远道而来，助他一臂之力的。既然我来了，就不会再有事发生了，请您放心。这里就全交给我吧，好吗？好的。那我这就去检查一下二楼。不，你们不必跟来。请待在屋里，好吗？之后我会和你们说明详细情况的。”

我留下像是有话要说的管理员夫妇，顺着楼梯走向二楼。

二楼的走廊角落上立着飞龙说的那个模特儿人偶。可不是嘛，那个没有左臂的人偶将没有五官的扁平脸对着开向里院的窗户。

我站在那个人偶身旁，顺着它的“视线”向外看去。在一片惨不忍睹的正房废墟前面，我看到了伫立在荒芜不堪的内庭中央的大株樱树。

我快步走在延伸至建筑物内部的走廊上。地板嘎吱作响，不久我就看到那个缺失左腿的模特儿人偶。

再拐过两个拐角后，左边就是“2－B”的门——据说飞龙就住在这个房间。

“飞龙君，”我边喊边敲门，“飞龙君，你在吗？是我，岛田。”

没有回答。他去了什么地方吗？

我看了一下手表。

上午十一点半，还有三十分钟。

我沿走廊径直前行。最里面就是通向被害者辻井雪人住的“2－C”的隔门吧？

门对面的楼洞比这边的走廊要昏暗许多。但是，现在毕竟是白天，还没有暗到不开灯就无法行动的程度。

右侧有扇门——是“2－C”的房门。

我转动了一下门把手。出乎意料的是，这里没有上锁，门发出轻轻的嘎吱声。

走进房间后，我吃了一惊。

“这……”

眼前一片狼藉。八张榻榻米大小的西式房间内，墙壁和地板都已被毁坏。

“啊呀。”我轻轻低哼一声，环顾了一下四周。

墙壁上贴着的象牙色十字图案都已被撕破，露出了灰色木板。铺在地板上的红地毯被粗暴地掀起，丢在屋子的角落里。有好几块地板也被揭了下来，那样子像是被虫子吃掉了皮肤和脂肪，露出骨头与内脏的巨型动物的尸骸。

恐怕，这就是他——飞龙想一干的吧？

我曾经告诉他这个房间或是外面的楼洞某处有暗道。他一定是慑于不知何时又会经由暗道潜入这座宅邸的凶手，才等不及我就想找到暗道的入口。

（飞龙君……）

他发现了暗道吗？

我的目光停留在地板上被挖开的一处裂缝上。一架黑黢黢的梯子似的东西伸向下面。

（这家伙……）

他发现了这个。那他后来怎样了呢？

我想他一定在仓库。他一定在仓库那里同样做着“寻找秘密通道”的努力。

我又看了一下手表。

离十二点还有二十多分钟。

我从走廊折回，跑下了楼梯。一个身穿白色套头毛衣的年轻人站在大厅里的粉红色电话机前面。

“你是住在‘1−C’的仓谷诚君吗？”我向年轻人打着招呼。

他抬起正在拨号的手指，诧异地看向我。

“有件事想请你帮忙。”我说道，“我姓岛田，岛田洁，是飞龙君的朋友。有件重要的事要请你帮忙，请听我说好吗？”

“这个嘛，你……”

他神情困惑。初次见面的人说有事相求，因此觉得十分蹊跷，这也是理所当然的吧。但是，如今却顾不得这个了。

“你听我说，仓谷君。再过一会儿，某个男人就会到这儿来拜访飞龙君。等他来了之后请你转告他，请他去飞龙君的工作室。”

“好、好的。”

“所以，很抱歉的是，请你打完电话后在这儿待一会儿，好吗？”

“这倒没问题。可是，你……”

“拜托了，回头我会解释缘由的。”说罢，我就转身向大厅里面的走廊跑去。

——2

仓库的状况完全在意料之中。

锤子。拔钉钳。不知从哪里弄来的洋镐。随意挪动的家具。被弄得到处破烂不堪的泥灰墙壁。被揭下的地板。那狼藉的情景比“2–C”还要厉害。

外面的风透过开在墙壁的洞呼啸吹入。空气寒冷彻骨，连呼出的气都被冻成了白色的雾。

他像被散乱的木板、壁土、画具等东西湮没似的，背对着大门，坐在摇椅上，无力地垂着肩膀。大概是因剧烈的劳动而感到精疲力竭了吧，他甚至都没有察觉到我进了工作室。

“飞龙君？”

我边注意着脚下，边绕到椅子前，看到飞龙想一那张完全没有生气的苍白的脸。

“好久不见了，飞龙君。我如约赶来了。你还是果断地这么做了呀，其实完全可以不必这样粗暴地寻找。不过，还好你安然无恙，这比什么都好。”

“你来了，”他用呆滞的眼神凝视着我，“岛田前辈……”

“找到暗道了吗？”

“在那里。”

我顺着他目光所示的方向看了过去，看到地板上有一大块裂痕。

我慢慢地走到那里，弯腰张望了一下。

我看到了与“2－C”里一样的东西。黑暗的洞穴之中，一架犹如与洞穴的黑暗融为一体的黑色梯子延伸至地下。

“原来就是这家伙呀。”我回头看了一眼飞龙，“你辛苦了。嗯，这下子谜团全部解开了。你不用担心，再也不必担心什么了。你已经安全了。

“迄今为止，我们围绕案件的各类情况——诸如备用钥匙或其他问题——进行分析时，都把怀疑的目光投向了住在这座宅邸里的人，即人偶馆内部的人。但是，这本身就是错误的，证据就是这条暗道。不是内部的人也没关系，只要知道这条暗道，外面的人也完全可以实施犯罪。”

“凶手是外部的人？”

“没错。水尻夫妇也好，木津川伸造也好，仓谷诚也好，他们都和案件毫无关系。他们的姓氏与二十八年前列车事故遇难者的姓氏一致，我想恐怕也是偶然的。是的，现在这样考虑反倒更自然。”

“岛田前辈，那么凶手到底是……”

“你还不知道吗？”我张开两条胳膊，轻轻地耸了耸肩，“这也难怪！”

吹来的冷风令我全身一抖，而后，我叼起了一根烟。

“前些时候，你在电话里曾提及另一个罪过吧？那可是最关键的线索——曾经被你撞入河中的少年的名字。你说你怎么也想不起来，但在电话里听你说过之后，我就已经知道了。嗯？你好像很想问我是怎样知道的，对吧？”

我吐出一道烟雾，又看了一下手表，现在已经过了正午时分。

“这已经是很久很久以前的事了。大学时代，你经常感冒，卧床不起。由于我就住在同一公寓的隔壁房间，因此你每次生病的时候都是我来照顾你。我要说的就是那时的事。你发烧时，好像经常被噩梦缠住，总是边痛苦地呻吟边拍打着四肢，或是说着梦话，再不就突然大声喊叫。你记不得了吧？但是，我还记得你在噩梦中喊出的词语。那次通话时，我忽然想起来了。你喊过‘妈妈’，还有，你经常不断呼喊的某个名字。”

“那么，我喊的是……”

“嗯。大概那就是被你撞入河中淹死的那个孩子的名字吧？”

“他的名字是什么？”

“正茂。”我将那个名字告诉了飞龙，“你时常边哭边‘正茂君！正茂君！’地喊着。”

这时——

“飞龙君。”仓库的门被打开的同时，传来了这声招呼，“飞龙君……啊，这是……”

“一直等着尊驾呢。”我把抽完的烟扔在地板上，踩灭，声音尖厉地向走进仓库的那名男子说道，“正如尊驾看到的，飞龙君找到了建造在这间仓库内的暗道，尽管方法有些笨拙。”

“暗道？”

“二十八年前，建筑师中村青司改建这座宅邸时制作的一个机关。你因缘际会知道了它的存在，并将其作为对搬家至此的飞龙君进行复仇的工具。”

男子边拢起长长的刘海儿，边狼狈不堪地盯着我说道：“你、你是……”

“我是岛田洁。你听飞龙君提起过我吧？刚才，我正想告诉他呢。”我边说边瞥了一眼坐在摇椅上的飞龙，“你就是所有事件的凶手。

潜入仓库对人偶的恶作剧，将玻璃碎片放入信箱，放在玄关的石块，自行车的车闸，猫的尸体——这些全都是你干的好事。再三给他写恐吓信的也是你。放火烧死他母亲沙和子和杀死过井雪人的，也是你。你为什么要百般折磨他呢？”

我冷冷凝视着瞪着小眼睛、呆立不动的那名男子，继续说道：“那是因为二十八年前他杀死的那个孩子就是你的哥哥。是‘正茂’这个名字给了我暗示。你有一个比你大两岁的哥哥吧？而且，你哥哥在很小的时候，因为某次意外事故死去了。飞龙君感到‘记忆的痛楚’时，你总会在他身旁。你有一双茶色——不如说更接近褐色——的眼珠，这也是事实吧？他从你的那张脸以及眼睛颜色，看到了曾经被自己杀死的少年的面容——你的哥哥架场正茂。”

——3

架场久茂踉踉跄跄地走进仓库。他用恐惧的目光看着我和飞龙坐着的摇椅，又环视了一下这间工作室的主人亲手制造出来的凄惨景象。

“架场先生，你死心了吧？”我说道，“不久，她——道泽希早子小姐——也要到这儿来了。”

听我这么一说，架场的目光再次射向了我。

“她不会来这儿了。”他说，“她不来了。”

“啊？”我吃了一惊，“莫非昨晚在那以后……”

“在那以后？你是想说在那以后我又袭击了她吗？”架场边将手伸进灰色大衣的口袋，边慢吞吞地摇了摇头，“怎么会！我去医院看望过她，所以确信她不来了。”

“医院？”

“今天早上，你给我打电话，让我中午十二点到这儿来，是吧？你也这样和她说过。因此，我大致猜测到了这里会发生什么事——我是来确认这点的。”

“哼哼。”我嗤笑一声，说道，“你是来确认自己的复仇计划惨遭挫败的吧？”

架场没有回答我。他又缓缓地回头看了一下仓库的入口。

“请进。”他说道。于是——

有两个人应声出现在入口处。

一个是刚才我在公寓大厅里遇到的仓谷诚，我还拜托他带话给即将到来的架场；另一人是身穿黑色西装、素未谋面的大个子中年男人，他的手里拿着一个棕色手提包。

“你说这间仓库里有中村青司建造的暗道，是吧？暗道在哪里？”架场问我。

“装什么傻！”我有点惊愕，“你应该最清楚吧？你瞧，就在那里。你看看地板上的洞不就知道了吗？！”

架场点了点头。他向穿西装的中年男子使了个眼色，两个人朝地板裂缝走去。

“仓谷君，你也过来看看。”架场招呼着站在门口的年轻人。

“好、好吧。”仓谷边惶恐地张望着屋内的情景，边依言走了过去。

“你说的就是这个洞吧？”架场靠近那道裂缝，弯腰向洞内张望了一下。

“哦——”他轻哼一声，随即对穿西装的男子说道，“川添先生，你觉得如何呢？”

“我嘛……”名叫川添的男子噘起了章鱼般的厚嘴唇，慢慢地摇了摇头。

架场又看了看仓谷，问道："你呢？怎么看？"

"这个嘛……没有啊，什么也……"

怎么回事儿？这些人究竟在说什么？

我的头脑有些混乱，对架场的厚颜无耻感到极度焦躁。

我回头看了一下依然坐在摇椅里的飞龙，对他说道："喂，飞龙君，你倒是说话呀！"

"你也再仔细看一看，如何？"架场用淡漠的口气说道，"暗道在这洞里的什么地方呢？我们可是只看到揭开地板的痕迹。"

"你说什么？怎么事到如今还说这种蠢话！"我大声喝道，走向他们。

"这里——"我向那个洞穴张望过去，"这里不是有架黑色梯子……"

可是……

"怎么回事？"我怀疑自己眼花了，"这……为什么？"

"哪里有暗道？"架场问道。

"岂、岂有……"我无言以对，十分狼狈。

正如架场所说，向地下延伸的黑色梯子踪迹全无。

岂有此理！刚才我确实亲眼看到了呀！怎么会……

一阵狂风打在我的脸上，吹得我头发倒竖，脸颊也被冻僵了。

"我们到这里之前，也去了趟那边的洋馆二楼。"架场用怜悯的口吻说道，"我们也看了'2－C'。那里和这儿一样，墙壁和地板都被破坏了。你说那也是寻找暗道的结果？"

"正是这样。"

夹杂在呼啸风声里的——

……嗡……嗡嗡嗡……

不知自何处传来了虫子的振翅声。

……嗡嗡嗡嗡……

即使如此，我仍在极力保持冷静。

“那里的暗道也还是……”

“没有什么所谓的暗道。那里也没有什么所谓的暗道。”架场的口吻变得尖锐且严厉，“刚在，你想说我就是杀死辻井雪人的凶手吧？可是，果真如此吗？凶杀现场的房间里没有能从外部潜入的暗道。我想楼洞里也没有。那么，我怎么能潜入处于密室状态的那间屋子，杀死辻井雪人呢？”

“……”

“假定辻井不是自杀，而是被谁杀死的——假定无论如何你都坚持他杀的观点，那么，遗憾的是，我只能想出一种可能。而且，那好像是正确的。那就是——”

“你太过分了！”我忍不住大声喊道。

架场吃惊地闭上了嘴。

“还不想认自己的罪行吗？我说，飞龙君啊，你还真是没得救了。他杀了你的母亲和辻井，现在还……川添先生，给我那个。”架场对西装男子说道。

男子点点头，从手中提着的包里取出了装在透明塑料袋里的某样细长的物体。

“这样东西掉在昨晚道泽君遇袭的现场。她相当震惊，也下不了决心把它送到警察那里。所以，她一逃回家里，立即给还在研究室的我打来电话。”

塑料袋内是一条白白的胳膊。

像是自肩部拧下来的雪白的胳膊。不，不对，那并不是真正的胳膊，而是模特儿人偶的胳膊。

“我想，这是从这个仓库里的某个人偶身上卸下来的。那里面塞满了沙子。昨晚，凶手以此作为凶器，袭击了道泽君。”

“闭嘴！够了！”

……嗡嗡嗡嗡……嗡嗡嗡……

高亢的声音渐渐逼近。我头脑混乱，呆立原地。

……嗡嗡嗡嗡……嗡嗡嗡嗡……

那声音逼近我的耳内，回荡在头脑深处。

我感到一阵恶寒，头痛欲裂。我竭尽全力喊道：“够了，架场先生！”

我不断喊着。

“这样的话，再说什么也解决不了问题。算了吧！事到如此，只有到该去的地方了结了。”说罢，我走向放有黑色电话的书桌，“我打给警察，就解决了吧？”

架场悲伤地眨了眨小眼睛，默不作声。

我拿起话筒，没等听筒贴到耳朵上，就急不可耐地将手指放到了拨号盘上。

一一〇。

可是……

“怎么回事儿？”我问道。

电话没有反应。拨号也好，按键也罢，听筒里都没有一丝声响。

“没用的。”架场说道，“这是正房的那部电话的分机吧？去年的火灾把线路烧毁了，所以这个电话一直不能用。”

“啊……”

……嗡嗡嗡嗡……嗡嗡嗡……

……嗡嗡嗡嗡嗡…………

那声音逼近身旁。

“飞龙君，”架场继续说道，“暗道也好，你用那电话与岛田的对话也罢，这一切都是你心生妄想。”

“岂有此理！”

“是真的。”

“撒谎！”我声嘶力竭地喊道，想用这喊声抹掉架场的无稽之谈，“你胡说八道！”

“你不是岛田洁。你还不明白吗？你不是岛田洁！”

“你撒谎！我就是岛田洁。你瞧，飞龙君不是在……”

颤抖的手指指向飞龙君坐着的摇椅，我看到那里的某个事实。

“天啊……”

随着一声长长叹息，作为一个人而存在的“我”从整个身体中抽离而出。

椅子上坐着的那个人并不是飞龙想一！

我亲眼得见。

长长的头发，一丝不挂，皮肤白皙，女性身姿……那是个毫无生气的模特儿人偶。

1

“没事了。我想，应该没有危险了。”架场对身穿西服的男子这样说道。随后，他走到蹲在地板上的我的身旁。

“正如你所见，川添先生。虽然我请你来了，但对于他来说，现在需要的不是警察，而是医生。当然，他迟早也需要接受川添先生的审讯。”

“真是让人大吃一惊啊！”男子边说边将装有人偶手臂的塑料袋放进包里，“我们究竟要怎样处理才好呢？”

“没事吧，飞龙君？”架场拍拍我的胳膊。

“啊，架场君……”

我刚才都做了什么呢？

为什么这副样子蹲在这儿呢？

“我……”

“现在，我只想问你一件事。”

架场用他那小小的茶褐色眼睛盯着摇摇晃晃站起来的我。

“是你杀死了辻井雪人吧？”

“啊？”

我把辻井杀死了？我吗？杀了辻井？

“为什么我……”

“辻井被害的房间里，根本没有什么暗道。我和川添刑警确认了这一事实。如果这样还认为是他杀的话，那么，又是怎么回事？”

“你问我是怎么回事……”

（是我吗？）

“你说从辻井回到房间，直至水尻夫人赶来的这段时间里，没有任何人从你房间前经过。作为结果来说，这也许并没有错。只有一点，你的证言里——与其说是证言，不如说是你的意识或你的记忆——缺失某样东西，那就是你自身的行为。”

“我不明白。”我缓缓地摇了摇头，“我怎么会……”

“我想这并不是你的责任。至少，不是现在的‘飞龙想一’的责任。你自认为自己一直在起居室里看电视吧？确实，那是作为‘飞龙想一’的现实，可是……”

“我、我……天啊！”

我当时——对，我在起居室里看电视，披着对襟毛衣，坐在沙发上……

水尻夫人来找辻井；我将一串备用钥匙递给她；她站在“2－C”的门前喊着辻井的名字；我靠在楼洞的门上，将双手插在睡袍的口袋里。

睡袍？

是睡袍吗？

“我……”

我究竟是什么时候将对襟毛衣换成睡袍的呢？我不记得了。我完全不记得了。

（是我杀死了辻井吗？）

（在无意之中？）

（连自己都浑然不觉的时候？）

这样的话——如果是这样的话，那时我换上睡袍是因为杀死辻井时，溅出来的血把毛衣弄脏的缘故吗？

（怎么会？！）

对了，当时——水尻夫人来找辻井的时候，我的额头上渗出的汗水……

为什么我的额头上会冒汗呢？通风半个小时，房间内的空气早已完全冷却了，可为什么我会出汗呢？

“啊，我……”我双手捂着脸，肩在微微颤动。

“嗯，好啦，好啦，飞龙君，别自责了。现在不是追究责任的时候。”架场把手放到我的肩头，“好了，我们走吧！”

“走？”我用纤弱的声音问道，“去哪儿？”

“你累了，得好好休息一下。”说着，架场略带悲伤地朝我笑了笑。

第十章　二月

* * *

二月一日，星期一，下午两点。仅有两位顾客的来梦。

希早子与架场久茂隔着桌子，面对面坐着。想早点知道详情的希早子，硬是请架场悄悄溜出研究室，来了这里。

“你的伤已经没什么大碍了吗？”架场问道。

希早子轻轻地点了点头，说道：“虽然还有点痛，但是没什么大事了。说是骨头没有异常，也不会留下伤痕。”

不过，心灵受到的创伤似乎还需要时间愈合。希早子也明白，自己的声音显得软弱无力。

“也许应该早点儿采取什么措施，可我也没什么把握。再说，我没有想到连道泽君也会遭遇这种不幸。”

“没关系。我想这是没有办法的事，就连我也万万没有……”

“不。那么晚让你一个人回去，的确是我的责任。真对不起。”

“没关系。”

当时，希早子真的以为自己会死在那里。塞满沙子的人偶胳膊重重地击打着她的肩膀和背部。

在绝望的深渊之中，希早子听到了那个声音，那个说着“必须杀了你”、没有抑扬顿挫的声音。虽然她没有余力辨认对方的容貌，但是，那的确就是飞龙想一的声音。

而且，紧接着喊出“住手”的声音，也是……

混乱的脚步声，紊乱的呼吸声。还不知道是怎么回事，希早子就被扶了起来。天色很暗，加之路灯是逆光，所以她看不清对方的容貌。然而——

尽管说话方式全然不同，但那名自称是“岛田洁”的男子，发出的还是飞龙想一的声音。

“我不是这方面的专家，所以无法解释得很清楚。但是——”架场久茂将双手的手指交叉在一起，两根大拇指咯咯地敲着桌子的边，“一开始就有许多值得注意的事。比如说，那桩发生在只有飞龙君才能进入的仓库里的奇怪事件；自暴自弃的态度和话语，特别是在母亲亡故之后，就更加明显了。另外，道泽君说过，在他的工作室里看到了让人震惊的画。我也去过他的工作室，但是没有像你那样仔细地看过他的画。所以，听你描述之后我才明白，飞龙君的画都含有‘死亡’的主题。而且，在那些画作中，将‘死’之人的脸，无论男女老幼，看上去都像是飞龙君自己的脸。”

“是啊，至少在我看来就是那样。”

“他不断在画中‘杀死’自己。我想，恐怕他自己也没有察觉到这件事吧？在画作之中，无意识地将‘死亡’赋予自己。浅显地说，他的心中一直存在着强烈的自杀愿望。所以我不由得怀疑，所谓要害他性命的可能不是别人，正是他自己。但是，我当然不能将这种想法告诉他。

“进入一月中旬，我才确定自己的怀疑没有错。那时，那个杀人犯过井雪人死在公寓里。飞龙却收到一封信说那不是自杀，而是他杀。当我知道这件事，又听你说了案发时形成的密室，觉得除了认定是自杀以外，无论如何也没有其他的解释。尽管如此，倘若还坚持认为那是他杀的话，那么只能考虑‘飞龙想一自己就是凶手’这种可能。他是公寓的所有者，手上有备用钥匙。说起来，这只是纸上谈兵，当然不能就此认定他就是所有事件的凶手。所以，上星期三我停了课，去查了一点东西。”

“就是你说出远门的那次？”

“嗯。有工作压着，所以我犹豫了一下，但还是觉得宜早不宜迟，所以就去了。”

“你去了哪儿呀？”

“静冈。”说到这儿，架场停顿了一下，叼起了一根烟，“我在飞龙曾经的住处附近转了转。我呀，本来就不擅长打探消息这种事儿。”

“打探消息吗？”

“是啊。我并不擅长这个，所以费了一番功夫，但也是值得的。我好不容易从附近一家主妇那里探听到一些事情——从前年夏天起飞龙君的病情以及他住院的地方。正如我料想的那样，飞龙君只对我们说他病了，其实他患的不是肉体上的疾病，而是精神疾病。

“据那个主妇说，前年六月下旬，飞龙君闹着要自杀。他在工作室门框的横木挂了根绳索，正想上吊的时候，被他母亲沙和子发现，闹得天翻地覆。当时，他的精神处于极度错乱状态，沙和子想方设法哄他，把他带到了市内的某家精神医院。唉，我打听到的就是这样一些事情。

“我立即走访了那家医院，见了一下飞龙君住院期间负责治疗的医生。医生是要绝对保守秘密的，所以我觉得可能什么情况都打听不到。但是，当我详细说明这边发生的事件后，医生出乎意料地告诉了我一切，他还说也许尽早让他再次住院为好。

“简单地说，他似乎得了相当严重的神经症。医生说他有一种比自杀更强烈的臆想，那就是认定自己非死不可。其原因多半在于他年幼时犯下的错误，不断责备自己的强烈意识成为他心中一个巨大的精神创伤。这创伤就是二十八年前让亲生母亲等数人死亡的那起事故，以及其后的‘杀害儿童事件’。

“去年夏天，医生让飞龙君出院，是因为他的精神状态在某种程度上有所稳定，但最大的理由则是他的养母沙和子的存在。

“那位母亲，怎么说好呢？是一个盲目地爱着他的人，她是为了飞龙君而活着的。正因为如此，他似乎也明白，如果自己死去，恐怕母亲也活不下去。所以，她的存在会成为一种‘阻碍’。医生认为飞龙君今后不会做出伤害自己的事，才同意让他出院。出院的时候，医生还建议他们最好搬到别的地方去。就是说，还是要尽量避免刺激有关‘罪孽’的记忆。

“半年前，飞龙君的亲生父亲飞龙高洋去世。所以，飞龙君的母亲便决定搬到京都来。我想，他们不愿意被静冈的左邻右舍看到，这也是原因之一吧。”

“这么说来，如果我没有记错的话——”希早子说出了突然想起的事，“我曾听说，如果让精神分裂的人画画的话，他们通常不怎么使用中间色，而是多用原色，飞龙先生的每幅画都是如此。”

“对，是这样的。”架场点点头，“梵·高就是这样。不过，神经症和精神分裂病是两码事，但也不能因此说梵·高没有精神分裂的倾向。”

“尽管如此，架场老师，为什么二十八年前的精神创伤会突然复发呢？既然是那样根深蒂固的创伤，似乎应该更早一点表现出什么症状来，可是……”

对于希早子的疑问，架场皱起了眉头。

“说起来我也只不过是半瓶子醋。归根结底，这类病的起因还是个谜。只是有一点似乎可以肯定，遗传性是起因之一。无论是父亲高洋的死法，还是从表兄弟辻井雪人的事来考虑，不可否认，他生来就具有这种体质的可能性很大。当然,幼年时的异常经历也是一大原因，但要是把它和发病直接联系在一起，说不定也是不科学的。”

架场的眉头拧得更紧了。

“我想这是个很难解释的问题。”他继续说道，“比起精神分析，最近倒是有关大脑生理学的研究兴盛起来。什么弗洛伊德，说起来就是一种宗教。这样说起来就很极端了——只要有人参与，不管是什么都被当作宗教现象。算啦，不说了。我想这可不是我这号人能说明白的，所以希望你把我接下来要说的话，仅仅作为一种猜测，听听就行了。”

1

雪白的墙壁。雪白的天花板。

清洁却冰冷。犹如牢笼般的房间。房间一角，是抱着大腿的我。

是啊。

我总是——我的眼睛总是注视着漆黑黯淡的死亡深渊。

——1

（你非死不可！）

* * *

“飞龙想一的心中一直存在着可以被称为‘奔赴毁灭的冲动’。他有这种让自己走向‘死亡’的动力。弗洛伊德曾使用过‘死本能’这个说法，说飞龙具有这种‘死本能’也不为过。他幼年时的‘罪过’，就是其具有这种倾向的有力依据。

“小学、初中、高中，从很久以前开始，他就是一个性格内向、非常孤独的少年。但学校的老师也好，同学也罢，至少接触到的都是正常的他。所以就这个意义来说，他的精神生活可以说是健全的。

“在他画画的时候，将自己犯的‘罪’投射在画中。通过向别人展示自己的画作，由此来不断地进行告白。说起来，他以某种忏悔性的行为来清除自身的罪恶感，即使是在无意识之中，也拯救了自己。我想，在他的大学时代也是如此吧。

“可是，大学毕业后，他没有就业，回到老家。对于蜗居在家打发日子的他来说，究竟留下了什么呢？除了与母亲有接触以外，就只剩下自我对话了。他挥笔不辍，创作着为自己而画的作品。然而，这时已经没有了告白对象，画画只能让他越陷越深。

“他终于走到了试图自杀这一步，但是失败了。失败的原因是被母亲发现了。看到母亲的身影，他重新考虑——为了她，自己必须活下去。”

不知什么时候，架场的口气淡漠地犹如讲述故事一般。

“整整一年的住院生活使他的精神状态看起来十分稳定。也许，他连一年前自己试图自杀的事都忘记了。可我觉得，这期间他可能一直拼命地和潜藏在心灵深处的冲动作着斗争。恐怕，他一边灌输给自己‘必须为母亲活下去’的信念，一边维持着自己逐渐向死亡倾斜的人生。得到出院许可，搬来京都的时候，他的心或许已经在不知不觉中被逼到了进退维谷的地步。

“八月，他看到报纸上的列车事故和杀害儿童事件的报道时，内心只是稍稍摇曳了一下。然而，令他内心彻底失去平衡的诱因，大概就是九月在这个来梦与我的重逢吧。

“他在我的脸上看到了某样东西，那就是被埋在意识深层的唤作‘正茂’的孩子的面容。从那以后，他就频繁地感受到了‘记忆的痛楚’。

“从此之后，飞龙想一的身体之中，诞生了另一重人格。这个飞龙的第二人格，才是一连串可疑事件的实施者，也是那个写信的人。

“第二人格，那是潜伏在想一心中的告发者，也是令想一赴‘死’的推进者。这个‘他’认为自己与飞龙想一不是一个人，自己必须杀死想一。‘他’还认为必须在让想一认清罪行后再杀死他。其实，这其中也许还包含着对杀死‘他’的亲生母亲实和子的复仇。

“‘他’先是执拗地骚扰想一，接着又写信逼想一‘回想’自己的‘罪过’。

“可是，在下一步——以‘审判’或‘复仇’为动机，杀死想一——之前，‘他’有一件非做不可的事。这就是杀死养母池尾沙和子。

“稍作整理的话，就是这么一回事——‘他’非杀死想一不可，但想一不得不为沙和子活下去。因此，‘他’必须在杀死想一之前杀死沙和子——必须抹杀掉想一活下去的理由。”

“老天啊！”

“‘他’在正房纵火，顺利地葬送了沙和子。‘他’又写了一封告发信，说这是飞龙的‘罪过’，企图使自己作为‘执行者’的立场更加正当化。在这之后，‘他’本应用某种方法——比如毒药或是定时装置——杀死想一，这样一切都可以就此完结。

“但是，就在此时……”

2

道泽希早子——

啊，她那凝视着“生”的双眸，是那样熠熠生辉。

——2

（那个女人也该杀！）

* * *

“就在此时，道泽君出现在他的面前。”架场说道。

“我吗？”

架场向感到意外的希早子点点头，继续说道：“飞龙君在这儿与你见面并聊天，我想他一定是被你吸引住了。接触到与自己完全相反的你，他肯定受到了不少感化。对于自己心中突然产生‘生’的冲动，恐怕他自己也非常困惑吧？

“第二重人格的‘他’察觉到替代沙和子出现的你，于是，‘他’

迫不得已停滞不前。

“另一方面——此时，事情变得更加复杂了——在和你接触的前后，想一大学时代的一个朋友出现了，就是那位名为岛田洁的男子。岛田曾与想一住在同一幢公寓，可以说是想一的心灵依托。他发现了从岛田那里寄来的信。

“通过与你的接触，想留住‘生’的想一，殷切希望这位岛田出现，来帮助现在的自己。

“过了年，岛田给想一打来了电话，想一将一切告诉了岛田。正如想一期待的那样，岛田一听说他陷入了困境，立即从各种角度分析了他的话，想助他一臂之力。

“岛田提出的观点之一就是‘绿影庄的房客都是凶手’。岛田说他调查了二十八年前的报道，指出那上面记载着的事故遇难者与绿影庄的房客姓氏相同。想一信以为真。

“关于这件事，当初我从想一那里听说时，总觉得奇怪。这也太过偶然了吧？荒诞不稽，毫无真实感。

“于是，我上周去静冈的时候，请在当地报社工作的朋友调查了一下。我立刻知道了真相，那就是——

“二十八年前死于事故的乘客，除了飞龙实和子以外，确实还有四个人。但是，这四人没有一个和住在公寓里的人姓氏相同。

“这时，我不得不对那位时常与想一通话的男子的存在抱有很大的怀疑。”

3

岛田洁。

来到这里以后，一次也没有和他联系过。

现在，他怎么样呢?

他担心着我吗?

——1

……

* * *

“可是……”希早子的声音在颤抖，“可是，架场老师，怎么会有这种事呢?！”

“飞龙大学时代那位名为岛田洁的朋友的确是真实存在的。他住在大分县，参与过中村青司设计的建筑物中发生的案件，这也是事实。去年夏天，从静冈转寄给飞龙想一的信也确实留在工作室中。从邮戳和笔迹来看，应该是岛田洁写的。

“你已经明白我刚才说的话了吧? 我说的是在今年一月以后，飞龙联系到的那个‘岛田洁’。用不着我这样啰唆地解释吧? 实际上，你不是也见过那位‘岛田’吗? 所以，就是这么回事——”

架场眨眨眼睛，继续说道：“这位‘岛田洁’并不是真正的岛田洁。他打来的电话也好，电话里的对话也好，都是飞龙的幻想。换一种说法就是，所谓的‘岛田洁’就是飞龙的第三重人格。”

“第三重人格……”

“是的。”架场一本正经地点了点头，“精神医学似乎认为所谓的人格分裂是癔病的一个症状。通常人们都知道双重人格，但实际上，以前也曾有不少关于多重人格病例的报告。

“广为人知的病例包括在美国医师莫顿·普林斯的著作中，那位三重人格的十八岁少女。普林斯将这少女命名为‘圣女’、‘妇人’与‘恶魔’，似乎就是因其拥有三个不同的人格。听说，还有被观察出至少拥有六个不同人格的法国病例。不过啊，更厉害的要算那个‘西贝尔十六重人格’了，在日本也成为争议一时的话题，你没听说过吗？

“可是，像飞龙想一这样以一个人格为基础，其他两个人格在短时期内交替出现的症状，我认为是非常特殊、极其罕见的病例。

“正如我刚才说的那样，由于他遇到了你，感到了过去从未有过的一种‘生’的冲动。但是，在他的意识深层中，他认为这与自己极不相称，自己无论如何无法容忍这种冲动。无论如何，他也无法凭一己之力像你那样生活。何况，如今还有人要加害自己。

“于是，他发疯般地殷切期望某个可以信赖的人出现在自己的身边，鼓励自己，帮助自己。这就导致了‘岛田洁’这一新人格出现。

“以第三重人格出现的‘岛田’与第二重人格的‘他’相反，承担了帮助飞龙的责任，令想一能够向着‘生’迈进，就像之前真实的岛田做的那样。

“这里关键的一点是，这个‘岛田’并不知道逼迫飞龙去死的‘他’的本来面目。相反也是如此，即‘他’也不知道‘岛田’的本来面目。

“所以，飞龙跟‘岛田’商量事件时，‘岛田’立即按照他的观点对此进行分析，努力帮助飞龙。列车事故的新闻报道也好，指出存在着暗道也好，就‘岛田’而言，绝对没有欺骗飞龙的意思。我想，他始终想以老友岛田洁的身份，发挥名侦探的作用。

“另一方面，由于你和‘岛田’的登场而暂时销声匿迹的‘他’，通过某个机会——恐怕是个偶然的机会——得知绿影庄的房客辻井雪人是‘杀害儿童事件’的凶手。‘他’将辻井的罪行和二十八年前飞龙的罪行等同起来，想要杀害作为‘另一个飞龙想一’的辻井。

“杀害辻井以后，‘他’趁势转向下一步行动，将飞龙与‘生’的关联再次斩断。为了引导飞龙走向‘死’，必须除掉的人便是道泽君你了。这之后的事情，你是最清楚的吧？”

架场继而说道：“上星期四，‘他’准备付诸行动。‘他’埋伏到夜半，尾随在你的身后进行袭击。‘他’想用装满沙子的人偶胳膊打死你。但是，就在这千钧一发之际，‘岛田’现身，阻挠了‘他’的行动。在此之前，‘岛田’只是在那个工作室里断了线的电话中出现过。事到如今，出于飞龙更加殷切的邀请，‘岛田’作为活生生的人现身了。

“‘岛田’从存在暗道这点推理出凶手是外面的人。为了填补飞龙最后的记忆空白，‘岛田’更是回忆出‘正茂’这个名字。就这样，他得出的结论是，我是‘正茂’的弟弟，为了复仇而加害飞龙。

“自以为从凶手手里救出你的‘岛田’，决定亲自解决事件，命你在星期五的正午时分去绿影庄。随后，在第二天早上，给他心目中的凶手——也就是我，打来电话。”

说到这儿，架场看了一眼希早子。希早子觉得他像是在等待什么回话似的。虽然她有很多想问的事情，但最终却什么都没说。

“后来嘛，就无关紧要了。”架场说道，“京都府的川添刑警——前些时候你也被他传讯过吧？据说，他们其后检查了一下飞龙使用的房间。结果从工作室的书桌抽屉内发现了和那封信一样的信笺纸。还有，听说在公寓房间内的衣柜里面藏有血迹斑斑的对襟毛衣。已经得到证实，那上面的血型与死去的辻井的血型一致。

“开始我也说过，大体来说，这不过是我对于可见的表象进行的一种解释。”

说着，架场浮现出可以理解为自嘲的浅浅笑意。

“专家迟早还会提出不同的解释吧？现在，飞龙君自己也许还在拼命考虑身边究竟发生了什么事吧？”

“您怎么这么说呢……不过……”希早子难以忍受似的开口说道，“不过……那么，事情的真相到底是什么呢？”

“真相吗？”架场喃喃自语，随即转过头去，看向窗外，“这个嘛……”

“架场老师，”希早子狠了狠心问道，“我很介意那个因某些原因身亡的架场老师的哥哥。其实，他的名字不是‘正茂’吧？”

她觉得不可能存在这种偶然。

“实际上，飞龙先生害死的根本是别的小孩吧？”

可是，另一方面，希早子也感到疑惑。

为什么架场不更早采取些积极的措施呢？

他说过是因为自己没有把握。但是，这是一个事关生死的问题，不是应该更早采取行动吗？比如说，和那位川添刑警商量一下。这不是身为朋友理应采取的行动吗？

“喂，架场老师，到底是怎样的？”

尾声　来自岛田洁的信

"这个嘛……"像是被希早子那认真的眼神压倒般，架场支吾了一下，眯起小眼睛说道："是呀，会是怎样的呢？"

于内心深处忽隐忽现的非常遥远的风景。那绝对不该对任何人提起。

敬复：

日复一日，寒冷依旧。你一切都好吧？

前些时候蒙您将飞龙想一君的案件告知于我，非常感谢。

去年年末，他似乎致电我家。但不凑巧，我出门在外，错过了通话的机会。我欲主动与他联系，但我不知道他出院后搬了家，也不知晓新居地址。最后，只得听任挂念隐隐于心。

有关您问询的事情如下——

如您所知，建筑师中村青司于一九八五年九月去世。同时，他的住所也遭到烧毁。故而，无法得到他的详细资料。总而言之，以一己之力很难调查出青司于何时何地建造过何种建筑。

但关于您问询的那件事情，我姑且谈一谈自己的看法。

一九八五年九月，年满四十六岁的青司亡故。飞龙君曾经居住的那幢宅邸，虽然经他父亲高洋改建过，但那也是距今二十七八年前，即一九六〇年前后的事情了。当时，青司刚刚二十出头，大概正在大学的建筑系学习或是毕业不久。很难想象京都的高洋先生会委托那时的青司进行设计。

故而——

结论就是，飞龙君的家与中村青司没有任何关系。换一种说法就是，实际上并不存在中村青司参与设计及建造的京都“人偶馆”。

改日我打算去京都探望飞龙君，届时希望有幸能与你见面。

即次奉复。

敬请多加保重。

谨具
一九八八年二月七日（星期日）
岛田洁致架场久茂先生

图书在版编目（CIP）数据

人偶馆事件 /（日）绫辻行人著；樱庭译．-- 3 版．北京：新星出版社，2024．7（2025．4 重印）
ISBN 978-7-5133-5668-8

Ⅰ．I313.45

中国国家版本馆 CIP 数据核字第 20244QJ509 号

人偶馆事件

[日] 绫辻行人 著；樱庭 译

责任编辑 王 萌
责任印制 李珊珊
装帧设计 张 二

出 版 人 马汝军
出版发行 新星出版社
（北京市西城区车公庄大街丙 3 号楼 8001 100044）
网 址 www.newstarpress.com
法律顾问 北京市岳成律师事务所
印 刷 北京天恒嘉业印刷有限公司
开 本 910mm × 1230mm 1/32
印 张 9.375
字 数 110 千字
版 次 2024 年 7 月第 3 版 2025 年 4 月第 3 次印刷
书 号 ISBN 978-7-5133-5668-8
定 价 49.00 元

总机：010-88310888 传真：010-65270449 销售中心：010-88310811